MIA LEONI

Zwischen Leben und Liebe

AF177493

»Mia Leoni«
Autorin

Die Autorin:
Mia Leoni lebt und arbeitet in Erfurt. Ihre nicht ganz geradlinige Karriere führte sie über eine Ausbildung zur Bankkauffrau und diverse Anstellungen in Marketingabteilungen zu ihrer heutigen Leidenschaft, der Schriftstellerei. Zwar hat sie schon frühzeitig mit dem Schreiben begonnen, doch hat es erst Anfang 2015 zu ihrem Debütroman gereicht. Seither veröffentlicht sie humorvolle Liebesromane, die gern auch ein wenig dramatisch sein dürfen, aber zumindest immer einer starken Protagonistin eine Stimme verleihen.

Wenn Mia nicht schreibt, kümmert sie sich um die Familie, ihr eigenes kleines Unternehmen und ab und zu auch um den Haushalt.

Weitere Titel der Autorin:
In Versuchung (2015)
Zur Versöhnung (2015)
Dich schickt das Himmelreich (2016), Neuauflage Summertime Love (2019)
Eine Hochzeit für Himmelreich (2017)
Africa in Love: Honeymoon mit Hindernissen (2018)
Eistanzliebe (2019)
Liebe reicht doch erst mal (2020)

MIA LEONI

Zwischen Leben und Liebe

Roman

Bibliografische Information der Deutschen Nationalbibliothek:
Die Deutsche Nationalbibliothek verzeichnet diese Publikation in der
Deutschen Nationalbibliografie; detaillierte bibliografische Daten sind im
Internet über dnb.dnb.de abrufbar.

Deutsche Erstausgabe Oktober 2021
Copyright © 2021 Mia Leoni
Mia Leoni
c/o Die Bücherfee Karina Reiß
Heiligenhöfe 15c, 37345 Am Ohmberg

Umschlaggestaltung:
BENISA WERBUNG, Sabine Albrecht, Erfurt
Umschlagbilder:
©Depositphotos.com / KeilaNeokow
©Depositphotos.com / AndreyPopov
©Depositphotos.com / wikki33

Verlag & Druck: tredition GmbH, Halenreie 40-44, 22359 Hamburg
ISBN: 978-3-347-39978-5 (Paperback)
ISBN: 978-3-347-39979-2 (Hardcover)

Das Werk, einschließlich seiner Teile, ist urheberrechtlich geschützt. Jede
Verwertung ist ohne Zustimmung der Autorin unzulässig. Dies gilt insbe-
sondere für die elektronische oder sonstige Vervielfältigung, Übersetzung,
Verbreitung und öffentliche Zugänglichmachung.

Besuchen Sie die Autorin im Internet:
www.mia-leoni.de

In den Sozialen Medien:
www.facebook.com/mia.leoni.autor
www.instagram.com/mialeoniautorin

Oder schreiben eine Nachricht:
info@mia-leoni.de

Liebe mich dann, wenn ich es am wenigsten verdient habe, denn dann brauche ich es am meisten.

HELEN KELLER – SCHRIFTSTELLERIN

EINS

Erwischt

»Polizei! Kann ich irgendwie behilflich sein, junge Frau?«

Erschrocken hebe ich den Kopf, ohne in die Richtung des vermeintlichen Ordnungshüters zu blicken, und stoße mir den Kopf am Deckel der Tonne.

Autsch!

Erst jetzt fällt mir der Lichtkegel auf, in dem ich stehe. So ein Mist.

»Können Sie mir verraten, was Sie da tun?«, fragt der Mann weiter.

Könnte ich, will ich aber nicht!

Mein Kopf zuckt nach links, doch noch ehe ich nur daran denken kann, die Beine in die Hand zu nehmen, räuspert sich der Kerl.

»Sie wollen doch nicht etwa weglaufen. Das macht die Sache nur schlimmer. Meine nette Kollegin hier war in der Schule Sprinterin. Sie ist garantiert schneller als Sie.«

Das kann jeder behaupten, aber ob ich das Risiko wirklich eingehen sollte? Besonders gut in Form bin ich heute Abend nicht, was die Flucht vor der Polizei angeht. Also drehe ich mich nun doch langsam um und blinzle ins Licht der Taschenlampe. Ich erkenne lediglich zwei Gestalten – eine große, kräftige, die die Lampe hält und eine kleine, zierliche, die etwas abseitssteht.

»Es ist nicht das, wonach es aussieht«, erkläre ich und hebe unschuldig die Hände.

»Sie räumen also nicht die Mülltonne des Supermarkts aus?«

»Ich räume sie nicht aus. Ich habe nur etwas gesucht.«

»Kommt das nicht aufs Gleiche raus? Wie erklären Sie denn das da?«

Ich schiele auf die verschlossenen Wurst- und Fleischpackungen, die bereits neben dem Container liegen, und den Bolzenschneider, den ich wenige Minuten zuvor benutzt habe, um das Schloss zu knacken.

Warum habe ich mir bloß keine unverschlossene Tonne gesucht? Wahrscheinlich, weil die meisten Supermärkte im Umkreis ihren Abfall inzwischen sichern. Und dieser hier ist leider das reinste Paradies für Leute wie mich, weil der Marktleiter ein riesengroßes Arschloch ist und seine abgelaufenen Artikel nicht an eine gemeinnützige Organisation spendet. Was mir wiederum zugutekommt, denn dorthin würde ich niemals gehen, auch wenn ich quasi dauerpleite bin. Dann breche ich lieber nachts im schwarzen Kapuzenpulli Mülltonnen auf. Mich zukünftig nicht dabei erwischen zu lassen, schreibe ich gleich nachher auf meine To-do-Liste.

»Das gehört mir nicht«, behaupte ich.

»Wir können die Sachen gern auf Fingerabdrücke untersuchen lassen.«

Echt? Machen die sich so eine Mühe, weil ich abgelaufene Wurst geklaut habe? Der blufft doch nur. Sicher genauso wie mit seiner Kollegin.

Da ich allerdings keine Handschuhe trage, wären die Abdrücke bestimmt problemlos zu nehmen. Noch so ein Punkt für die To-do-Liste.

Denk nach, Louisa, denk nach!

»Können Sie sich ausweisen?«, spricht der Polizist aber schon weiter und knipst endlich die Funzel aus. Das Licht der Straßenlaterne reicht offenbar für die Überprüfung meiner Personalien aus. Nur habe ich gar nichts zum Überprüfen dabei.

»Nein«, antworte ich mit fester Stimme. »Ich bin nicht verpflichtet, meinen Ausweis mitzuführen.«

»Okay, wenn Sie das wissen, ist Ihnen sicher auch bekannt, dass Sie Ihren Ausweis jedoch auf Verlangen vorzeigen müssen.«

»Kann ich aber nicht.«

»Dann begleiten wir Sie gern nach Hause.«

Oh nein! Ganz bestimmt nicht. Die Nachbarn würden sich das Maul zerreißen, wenn sie das mitbekämen. Sie tuscheln ohnehin schon über uns. Das ist ganz und gar unmöglich.

Trotzig verschränke ich die Arme und starre den Polizisten wortlos an.

»So? Sie wollen uns also nicht verraten, wo Sie wohnen?«

Was für ein Fuchs!

»Haben Sie denn einen festen Wohnsitz?«

»Nein«, lüge ich und hoffe inständig, dass er wegen dieser Lappalie die Lust verliert.

Haben die nichts Besseres zu tun? Ich bin mir sicher, dass irgendwo in der Stadt gerade in eine Wohnung eingebrochen oder eine Tankstelle ausgeraubt wird. Und diese zwei Flitzpiepen beschäftigen sich mit jemandem, der im Müll wühlt. Die ganze Sache ist mir so schon peinlich genug, sie muss nicht auch noch vor meiner Familie und der ganzen Nachbarschaft breitgetreten werden.

»Dann müssen Sie uns leider zur Wache begleiten, damit wir Ihre Identität feststellen können.«

»Das ist doch lächerlich. Ist das wirklich notwendig?«

»Nein! Wenn Sie uns sagen, wo Sie wohnen, ist das nicht notwendig.«

Wieder verschließe ich meinen Mund. Ich kann nicht mit einer Polizeistreife zu Hause auftauchen. Ausgeschlossen.

»Ich muss Sie durchsuchen«, meldet sich nun auch die Polizistin zu Wort und macht ein paar Schritte auf mich zu.

Irgendwie kommt sie mir bekannt vor. Das Gesicht habe ich doch schon mal gesehen. Aber wo?

So klein diese Person ist, so durchdringend ist ihre Stimme und auch ihr Blick, der keinen Widerspruch zulässt.

Ich gehe jetzt mal davon aus, dass sie das darf, denn ich finde auch in den letzten Windungen meines Gehirns keinen Paragraphen, der dagegenspricht.

Und ich habe mich weiß Gott mit den Rechten und Pflichten der Ordnungshüter auseinandergesetzt. Im Grunde weiß ich ja auch, dass ich meinen Ausweis vorlegen muss.

»Keine Papiere«, stellt die ehemalige Sprinterin fest, nachdem sie mich abgetastet und meinen Rucksack durchwühlt hat, und zückt ihre Handschellen.

»Was?«, kreische ich auf. »Ist das Ihr Ernst?«

Nicht schon wieder!

»Sie sind vorläufig festgenommen«, erwidert sie emotionslos und greift nach meinem Handgelenk. »Sie haben das Recht zu schweigen. Alles, was ...«

»Das ist doch völliger Blödsinn!«, unterbreche ich sie, doch sie fährt unbeirrt fort.

»Alles, was Sie sagen, kann und wird vor Gericht gegen Sie verwendet werden ...«

Haben die völlig den Verstand verloren? Die nehmen mich echt fest, weil ich Abfall sortiert habe?

»Hey, pfeifen Sie Ihren Chihuahua zurück!«, gifte ich den Polizisten an und gebe mich geschlagen. »Ich komme schon mit. Aber ohne Handschellen.«

»Meinetwegen. Frau Feige, stellen Sie das Diebesgut und das Tatwerkzeug sicher«, wendet er sich an seine Kollegin.

Feige ... irgendwoher kenne ich den Namen.

»Und Sie«, sagt er und zeigt mit dem Finger auf mich, »nicht frech werden. Sonst kassieren Sie noch eine zusätzliche Anzeige. Steigen Sie einfach in den Wagen.«

»Kann ich denn wenigstens die Wurst behalten?«, frage ich nach und setze mich in Bewegung.

Nun sieht er mich genervt an und marschiert auf seinen Wagen zu, ohne sich zu vergewissern, ob ich ihm auch wirklich folge. Die Polizistin blickt uns abwechselnd an. Vermutlich befürchtet sie, dass ich jetzt doch türme, aber ihr Kollege vertraut offenbar auf ihr Können als Läuferin oder darauf, dass ich ein Schisser bin. Letztendlich kann ich es tatsächlich nicht riskieren, denn dann bekomme ich sicher noch mehr Ärger, und das will ich meiner Familie einfach nicht antun. Wer weiß, was nun auf mich zukommt. Ob die mir wirklich eine Anzeige reindrücken? Schon wieder?

Übellaunig schlurfe ich zum Polizeifahrzeug, lasse mir die hintere Tür aufhalten und bedanke mich mit einem zuckersüßen Lächeln für diese Höflichkeit.

»Eigentlich habe ich gar nichts gemacht«, teile ich den beiden mit, nachdem sie vorn Platz genommen haben.

»Nun ja, das ist Diebstahl«, antwortet der Polizist mit zuckenden Schultern und startet den Wagen.

»Sie wissen, dass diese Auffassung völliger Schwachsinn ist. Der Staat hat sich laut Grundgesetz dazu verpflichtet, die natürlichen Lebensgrundlagen im Rahmen der verfassungsmäßigen Ordnung zu schützen. Außerdem gehe ich nicht davon aus, dass der Supermarkt weiterhin Eigentümer der Sachen ist, weil er sie nämlich weggeworfen hat. Mit der Entsorgung besteht keine Eigentumsbeziehung zwischen ...«

»Schluss jetzt!«, unterbricht er mich unsanft. »Das ist doch nur Halbwissen-Juristen-Geschwafel! Die Tonne war aufgebrochen. Das ist eine Straftat. Und nur ein Richter hat zu entscheiden, ob diese Auffassung Schwachsinn ist oder nicht, nicht wir. Deshalb wäre ich Ihnen äußerst dankbar, wenn Sie für den Rest der Fahrt die ...«

»Ich möchte mit meinem Anwalt sprechen«, falle ich nun *ihm* ins Wort.

»Wir wollen doch zunächst nur Ihre Personalien feststellen und Ihre Aussage aufnehmen.« Seufzend reibt er sich die Stirn.

»Ich werde nichts unterschreiben«, fahre ich fort. »Dazu können Sie mich nicht zwingen.«

»Vielleicht sollten Sie Ihre Energie in ein Jura-Studium investieren, wenn Sie bereits so gut informiert sind, und weniger in das Aufbrechen von Schlössern.«

Als wenn das so einfach wäre, du Vollidiot! Als hätte ich nicht ein Studium abbrechen müssen, weil wir uns das einfach nicht mehr leisten konnten. Der hat doch überhaupt keine Ahnung, was bei uns los ist, und spuckt hier große Töne.

Bevor ich aus meinem Groll heraus noch etwas sage, das er mir wirklich übelnimmt, schweige ich lieber den Rest der Fahrt über und ziehe es vor, mit verschränkten Armen und grimmigem Gesicht zu schmollen. Ich fürchte nämlich, letztendlich sitzt er am längeren Hebel.

Auf der Polizeiwache sitze ich eine gefühlte Ewigkeit herum, bis ich meine Aussage machen muss. Ich vermute ja, dass der Herr Polizeioberwachtmeisteridiot mich extra lange warten ließ, um mir unter die Nase zu reiben, dass er hier das Sagen hat und er sich von meinen Einwänden nicht beeindrucken lässt.

Zum Glück, oder dummerweise, kann ich meine Identität auch ohne Ausweis belegen, denn meine Fingerabdrücke, die mir mit einem Scanner genommen werden, erzielen prompt einen Treffer in der Datenbank. Die Prozedur musste ich nämlich bereits vor einigen Wochen über mich ergehen lassen.

»Interessant, Sie wurden bereits erkennungsdienstlich behandelt, Frau Engel«, stellt der Polizist, den ich nun anhand seines Namensschildes als Herrn Schneider identifiziert habe, fest. Welch kreativer Name! Ob die alle so einen Allerweltsnamen auf die Brust gepappt bekommen, damit man sie nirgends wiederfindet? Der letzte Ordnungshüter, der meine Personalien festgestellt hat, trug den fantasievollen Namen Müller.

»Diebstahl, leichte Körperverletzung ...«, zählt er meine Vergehen auf, »... Sie sind ja krimineller, als Sie aussehen ... und heißen.«

»Wie sehen denn Kriminelle normalerweise aus?«

Er mustert mich nachdenklich. »Also, *Sie* sehen jedenfalls aus wie ein nettes Mädchen von nebenan. Sie haben so etwas doch sicher nicht nötig, oder?«

An seiner Stimmlage erkenne ich, dass er nur nett sein will, doch bin ich im Moment wenig empfänglich für gut gemeinte Ratschläge. Ich wühle sicher nicht zum Spaß im Müll anderer.

»Was ich nötig habe oder nicht, können und müssen Sie nicht beurteilen. Ich bleibe dabei, dass es kein Diebstahl war. Auch beim ersten Mal nicht.«

»Aber Sie wurden wegen Diebstahls zu einer Geldstrafe verurteilt.«

»Noch mal: Ich habe nur etwas genommen, was ein anderer nicht mehr wollte. Die Rechtsprechung in Deutschland ist doch echt für den Arsch! Menschen, die das Leben anderer zerstören, kommen teilweise mit einer Bewährungsstrafe davon, und ich, die keinem etwas zuleide getan oder auch nur etwas weggenommen hat, werde behandelt wie eine Schwerverbrecherin!«

Wieder bleibt sein Blick lange an mir haften. Ich bin mir sicher, dass er meine Meinung teilt, aber der Typ steht ja auch eher weiter unten in der Nahrungskette. Seine Ansichten interessieren niemanden.

»Und was ist mit der Körperverletzung?«, hakt er nach.

Ich rolle mit den Augen. »Ich habe den Kerl geschubst, Herrgott noch mal! Der Vollpfosten hat es nicht anders verdient.«

»Das sah der Richter wohl anders.«

»Wenn Sie meinen«, seufze ich. »Ist inzwischen auch völlig egal. Kann ich jetzt gehen?«

»Ja, das wäre vorerst alles. Sofern der Marktleiter Anzeige erstattet, hören Sie von uns.«

»Kann's kaum erwarten.« Ich lächle bitter und verlasse das Büro.

Polizeioberidiot Schneider hat Mühe, mit mir Schritt zu halten, um mich zum Ausgang zu begleiten. Dort wünscht er mir noch alles Gute, was ich mit einem lauten Lachen quittiere.

Nachdem ich ein paarmal die frische, kühle Nachtluft tief in mich hineingesogen habe, setze ich mich in Bewegung.

Wie konnte ich nur so unvorsichtig sein? Der Marktleiter wird *garantiert* Anzeige erstatten. Nach meinem verbalen Ausbruch von neulich und dem – wirklich belanglosen – Schubser, wird es ihm eine Freude sein, mir erneut an den Karren zu pissen. Wenn ich wieder zu einer Geldstrafe verurteilt werde, kann ich einpacken.

»Was hast du angestellt?«, fragt jemand plötzlich in die Dunkelheit hinein, und ich fahre erschrocken herum.

Ein junger Kerl – etwa in meinem Alter – hüpft gerade von einer Mauer und kommt grinsend auf mich zu. Seine blonden Locken wippen bei jedem Schritt auf und ab.

Völlig irritiert von seiner Anwesenheit und der ziemlich indiskreten Frage drehe ich mich wieder um und laufe Richtung Bushaltestelle.

»Hey, warte doch mal«, ruft er mir hinterher, und ich lege einen Zahn zu. »Ich hab da drin mitbekommen, dass du Ärger hattest.«

»Sag bloß! Du bist ja ein ganz Schlauer«, murmle ich und setze meinen Weg unbeirrt fort.

Der Blondschopf schiebt sich neben mich, stopft seine Hände in die Hosentaschen und läuft neben mir her, als wären wir Kumpels.

»Also, was hast du angestellt?«, fragt er erneut.

»Das geht dich einen Scheiß an!«

»Vielleicht kann ich dir helfen.«

»Danke, ich verzichte.«

»Glaub mir, ich hab für *fast* jedes Lebensproblem eine Lösung. Vielleicht ja auch für dich.«

Bei einem kurzen Seitenblick sehe ich, wie er mich wieder spitzbübisch angrinst und seine Arme zu beiden Seiten ausstreckt, als würde er mir die Welt präsentieren.

Offenbar nimmt er alles, was ihm das Leben so bietet, reichlich locker.

»Das glaube ich dir, aber ich brauche deine Hilfe nicht«, erwidere ich und muss ebenfalls lächeln.

Löckchens unbeschwerte Art hebt meine Laune tatsächlich wieder etwas an.

»Hm ... hast du einem kleinen Mädchen den Lolli weggenommen?«, beginnt er zu raten.

Ich sehe ihn skeptisch an.

»Oder bist du bei Rot über die Ampel gelaufen?«

Nun bleibe ich stehen und hebe die Schultern. »Wie kommst du auf so einen Mist?«

»Du siehst nicht gerade so aus, als hättest du jemanden verprügelt oder eine Bank überfallen.«

»Tarnung«, erwidere ich knapp und gehe weiter.

»Jetzt sag schon.«

»Meine Fresse, du gibst wohl nie auf! Ich habe etwas gestohlen ... angeblich. Also, eigentlich habe ich es nicht gestohlen, aber Polizei und Gericht sehen es anders.«

»Oh, eine kleine Diebin.«

»Bin ich nicht!«

Inzwischen sind wir an der Bushaltestelle angekommen. Ich setze mich auf die schmale Metallgitterbank unter das Glasdach und stecke meine Hände in die Taschen meines Kapuzenpullis. Meine Finger ertasten ein benutztes Taschentuch – eine elende Macke von mir, die Dinger in all meinen Klamotten zu verstauen –, meinen Haustürschlüssel und einen Einkaufswagenchip aus Holz, den ich dem Marktleiter des Supermarktes sicher in den Hals stopfe, sollte er mich wirklich anzeigen.

Natürlich setzt sich das Goldlöckchen neben mich, lässt seine Hände ebenso in seinen Taschen verschwinden und mustert mich von der Seite.

»Hast du nichts Besseres zu tun?«, frage ich genervt.

»Nö, die Nacht ist noch jung. Hättest du Lust auf einen Tee?«

Ich sehe zuerst auf meine imaginäre Armbanduhr und dann ihn ungläubig an.

»Ähm, nein, ich fahre jetzt nach Hause und gehe ins Bett.«

»Okay, dann gehen wir morgen einen Tee trinken. Oder magst du Kaffee lieber?« Seine Augen leuchten, und das Lächeln wirkt ehrlich aufgeregt.

Diese aufdringlich-charmante Art lässt meine ablehnende Haltung langsam weichen. »Vielleicht irgendwann.«

Er zieht eine Schnute und tippt sich mit dem Zeigefinger gegen die Wange. Aber ich werde einem Wildfremden, der mitten in der Nacht penetrant um ein Date bittet, jetzt sicher kein Datum und keine Uhrzeit nennen.

»Wie heißt du eigentlich? Ich verabrede mich mit niemandem, dessen Namen ich nicht kenne.«

»Paul. Und du?«

»Paul. Und weiter?« Ich zücke mein Handy.

»Hofmann. Brauchst du noch etwas? Lieblingsfarbe? Geburtstag?«

»Auf jeden Fall deine Sozialversicherungsnummer.« Im Augenwinkel sehe ich, wie er mich fragend anstarrt, und feixe in mich hinein. »Und natürlich deine Handynummer.«

»Ja, klar. Gibst du mir auch deine?« Seine Hand wandert zu seiner Gesäßtasche, in der er sicher sein Mobiltelefon aufbewahrt.

»Vergiss es. Ich rufe dich an.«

»Machst du sowieso nicht.«

»Wer weiß? Mir scheint, du liebst das Risiko.«

»Du bist 'ne harte Nuss.«

»Nee, eine Diebin! Was erwartest du von einer Frau, der du einfach so um ein Uhr morgens vor einem Polizeirevier auflauerst? Was hast du da drin eigentlich gemacht? Hast *du* eine Bank überfallen?«

»Säße ich dann jetzt hier mit dir?«

»Keine Ahnung. Du hast mir immerhin dieselbe Frage gestellt.«

»Kein Raub! Das ist nicht mein Stil.«

»Will ich wissen, was dein Stil ist?«

»Ich habe mich dummerweise beim Sprayen erwischen lassen.«

»Also ehrlich, das macht man auch nicht! Fremder Leute Eigentum zu beschmutzen, ist nicht besonders attraktiv.«

»Du stiehlst es gleich ganz!«

Mit grimmigem Gesicht drehe ich mich zu ihm. »Du hast keine Ahnung, was passiert ist, also unterstell mir nicht so etwas! Durch mich ist niemand zu Schaden gekommen ... na ja, außer vielleicht das Vorhängeschloss. Du verursachst mit deinen blöden Kritzeleien hohe Kosten für die Reinigung und jede Menge Ärger für den Eigentümer. Was hast du denn von dem Scheiß? Hast du dich damit je auseinandergesetzt?«

Tatsächlich ist sein Lächeln verschwunden, und auf seinem Gesicht hat sich ein nachdenklicher Ausdruck breitgemacht. »Na ja, ich mach das ja nicht regelmäßig ...«

Ich hebe die Augenbrauen. Das soll jetzt also die Rechtfertigung sein? Wenn man jemanden nicht regelmäßig verdrischt, ist es also auch keine Körperverletzung?

»Ja«, lenkt er gedehnt ein, »du hast ja recht. Ich mach's nie wieder.«

Der Kerl verwirrt mich immer mehr. Was kratzt es ihn, ob ich seine Tat verurteile? Und warum sollte er plötzlich brav sein, weil ich ihn beschimpft habe? Ein merkwürdiger Gesetzesbrecher!

Irritiert schüttle ich den Kopf. »Mir ist ehrlich gesagt egal, was du tust. Ich will gar nicht wissen, was es sonst noch ist.«

»Wie ich schon sagte, ich könnte dir vielleicht helfen.«

»Lass mich raten: Das ist auch nicht ganz legal.«

Paul hebt lediglich die Schultern.

Wusste ich es doch. Der Typ bedeutet Ärger.

»Ich brauche deine Hilfe nicht. Mit den Konsequenzen muss ich leben. Wie auch immer die nun aussehen.«

»Okay, schon gut. Aber was hast du denn nun genau getan?«

»Das erzähle ich dir vielleicht ein anderes Mal. Mein Bus kommt.« Ich erhebe mich von der unbequemen Bank und bin doppelt froh, endlich hier wegzukommen. Diese Unterhaltung wird mir zunehmend suspekt. Und außerdem bin ich hundemüde.

»Also, sehen wir uns doch wieder?« Pauls Augen beginnen wieder zu leuchten.

Diesmal hebe *ich* die Schultern und steige wortlos in den Bus ein, der bereits die vorderen Türen für mich geöffnet hat.

»Wie heißt du nun eigentlich?«, brüllt mir Goldlöckchen noch hinterher, aber ich tippe mir an die Ohren und tue so, als hätte ich rein gar nichts verstanden.

ZWEI

Dumm gelaufen

Mit einem tiefen Seufzen schließe ich unsere Haustür hinter mir und bin froh, dem Irrsinn, der sich tagtäglich dahinter abspielt, für eine kurze Zeit entkommen zu können.

Zum Glück hatte meine Schwester Marie gestern Nacht schon geschlafen, als ich von meinem aufregenden, aber erfolglosen Diebeszug heimgekommen war. Sie soll keinesfalls erfahren, wo so mancher Brotaufstrich in unserem Kühlschrank herkommt. Und schon gar nicht, dass ich bereits zum zweiten Mal bei der Peinlichkeit erwischt wurde. Mein Vater hatte wie üblich bei laufendem Fernseher auf dem Sofa geschnarcht, dass die Gläser in der Vitrine geklirrt hatten. Die übliche Flasche Bier hatte vor ihm auf dem Couchtisch gestanden - natürlich leer. Wenn's nicht eigentlich so traurig wäre, hätte ich gelacht, wie seine Hand in den Käsedip für die Tortillas gefallen war.

Stattdessen hatte ich grummelnd seine Finger abgewischt, eine Decke über ihm ausgebreitet, den Fernseher ausgeschaltet und war ins Bett gegangen, ohne das gewohnte Chaos in der Küche zu beseitigen, das Marie immer beim abendlichen Kochen veranstaltet. Viel Zeit zum Schlafen blieb mir auch so nicht.

Gähnend öffne ich das Garagentor und steige in unseren alten Kombi. Als ich jedoch den Motor starten will, krächzt er mich nur an und stirbt wieder ab. Auch ein zweiter und dritter Versuch misslingen, und ich schlage frustriert aufs Lenkrad.

Das darf doch jetzt wohl nicht wahr sein! Ohne Auto wird die Zeit knapp. Meine Schicht im Studio beginnt heute schon um acht Uhr morgens, mit dem Sieben-Uhr-Fünfunddreißig-Bus vielleicht gerade noch zu schaffen. Also muss ich mich nun sputen, um nicht zu spät zu kommen.

Mit den Gedanken an einen kurzfristigen Werkstatttermin und die Kosten dafür eile ich über die Straße und werde prompt angehupt. Erschrocken mache ich einen Satz zur Seite und möchte gerade losschimpfen, als ich den Fahrer erkenne, der nun aus dem Wagen steigt.

»Mika?«

»Lou? Was machst du denn? Ich hätte dich fast über den Haufen gefahren.«

»Ich war in Gedanken, sorry.« Einen kurzen Moment stocke ich und betrachte ihn.

Er hat sich verändert, seit ich ihn das letzte Mal gesehen habe. Die Haare trägt er ein Stück kürzer als vor ein paar Jahren, den Bart dafür ein paar Millimeter länger. Die Schultern sind breiter geworden, und ich erkenne Muskeln unter seinem Shirt. Offenbar ist er nach der Schule endlich zum Mann geworden.

Dann besinne ich mich auf das Hier und Jetzt. »Und ich hab es leider eilig.«

»Schade. Hast du denn später Zeit? Für einen Kaffee?«

»Ich hab wirklich viel zu tun.«

»Komm schon, Lou, wir haben uns so lange nicht gesehen.«

Ich halte kurz inne. »Du bist weggezogen. An mir lag es nicht.«

»Aber jetzt bin ich hier. Also? Kaffee? Nachher? Bei euch?«

Weil ich keine Zeit und vor allem keine Lust auf Diskussionen mit meinem ehemaligen Nachbarn habe, willige ich ein. »Na schön. Ich komme zu euch!«

»Wann?«

Ein ungeduldiger Laut entfährt mir, da ich echt spät dran bin. »Mika, ich bin da, wenn ich mit der Arbeit fertig bin, in Ordnung? Ich muss jetzt wirklich los.«

Ohne eine weitere Antwort abzuwarten, haste ich los. Wenn ich nicht pünktlich bin, bekomme ich Ärger. Mein Studioleiter führt sich ohnehin schon auf, als sei er eine ganz große Nummer im Unternehmen. Allerdings steht er in der Rangordnung recht weit unten. Dennoch kann er Personalentscheidungen treffen, und wenn dem Egomanen etwas nicht passt, kann er richtig fies werden.

Deshalb hetze ich nun sogar dem Bus ein paar Meter hinterher, bis der Busfahrer mich bemerkt und noch einmal kurz hält, damit ich einsteigen kann.

Ich bedanke mich schwer atmend und lasse mich in einen der Sitze nahe der Tür fallen. Das war echt knapp. Hätte ich den Bus verpasst, hätte ich mich sicher von meinem Job verabschieden können. Und ich brauche ihn!

Schweißgebadet betrete ich wenig später das Fitnessstudio im ersten Stock eines großen, modernen Gebäudes und halte meine Mitarbeiterkarte vor den Scanner, damit die automatische Tür aufspringt. Aus den Lautsprechern dröhnt mir *Prisoner* von Miley Cyrus und Dua Lipa entgegen, und ich beginne augenblicklich mitzusummen.

Im Hintergrund höre ich ein paar Jungs sich gegenseitig anfeuern. Wahrscheinlich machen sie gerade einen Wettkampf im Bankdrücken. Einige von unseren Kunden sind richtige Ochsen und verbringen täglich mehrere Stunden bei uns.

Wenn ich nicht dafür bezahlt werden würde, würde mir das im Traum nicht einfallen. Lieber gehe ich im Park joggen oder radle an den Feldern am Stadtrand entlang. Ich gehe auch lieber im See schwimmen als in der Schwimmhalle. Basketball spiele ich lieber draußen statt drinnen, obwohl es meine Knie mir sicher danken würden, wenn ich mich auf einem Hallenboden lang mache als auf rauem Asphalt.

Bis ich aber meinen Freiluftfanatismus ausleben kann, muss ich Geld sparen, um mir das Sportstudium leisten zu können, auf das ich schon so lange hinarbeite.

Und deshalb flitze ich nun hurtig in die Mitarbeiterumkleide, damit ich mich umziehen kann. Ich schlüpfe in meine dunkelgrauen Leggings und ein apfelgrünes Shirt, die beide das Logo des Studios tragen. Sogar die Schuhe ziert das grüne X.

Mit deutlich ruhigerem Puls begebe ich mich hinter den Tresen und begrüße meinen Kollegen.

»Hey, Basti. Alles klar?«

»Bis auf die Kerle da hinten alles ruhig.«

»Mir würde auch was Besseres einfallen, als Freitagfrüh um acht pumpen zu gehen.«

»Wem's gefällt.« Basti zuckt mit den Schultern. »Übrigens wollte Gregor mit dir sprechen, sobald du da bist.«

Meine Augen werden groß, und ich sehe zur Sicherheit auf die Uhr. Nein, ich war nicht zu spät dran. Hab ich was anderes verbrochen?

»Hat er gesagt, was er will?«

»Nein, keine Ahnung. Er ist hinten im Damenbereich.«

Ich ziehe eine Augenbraue nach oben. »Na, da ist er richtig.«

Mit einem mulmigen Gefühl im Bauch schleiche ich an einigen Geräten vorbei und biege um den Sichtschutz herum in den Bereich ab, den eigentlich nur Frauen betreten dürfen. Trainer sind davon ausgenommen, und Mister Oberschlau nutzt das natürlich gern aus, um vor allem der weiblichen Kundschaft ganz selbstlos zur Seite zu stehen.

Wie auch heute. Gerade ist er einer Brünetten behilflich, ihre ohnehin schon knackigen Pomuskeln zu stählen. Die Kundin kenne ich flüchtig, sie ist oft hier, gibt sich aber meist mit dem männlichen Personal ab.

Mir soll's recht sein. Solche Prinzesschen kann ich schon seit meiner Schulzeit nicht leiden, also meide ich sie auch heute noch.

Als die beiden mich bemerken, habe ich ihre volle Aufmerksamkeit, und zum ersten Mal blicke ich der Brünetten bewusst ins Gesicht.

Hätte ich meinen Kiefermuskel nicht so hervorragend unter Kontrolle, wäre mir in diesem Moment die Kinnlade heruntergeklappt.

Ich kenne diese Frau!

Erst gestern habe ich sie gesehen.

Gestern Abend.

Und ich saß sogar im selben Fahrzeug mit ihr.

Das ist die Polizistin, die mich festgenommen hat. Was für eine Scheiße!

Aber ich werde das Gefühl nicht los, dass ich sie bereits woanders kennengelernt habe, denn hier im Studio habe ich mich nie wirklich mit ihr beschäftigt.

Und nun lächelt sie mich so süßlich an. Das kann nichts Gutes bedeuten. Hat sie etwa ...

Aber das fällt doch unter die polizeiliche Schweigepflicht, oder?

Gibt es so was überhaupt?

Nein, das kann nicht sein! Warum auch?

Ich schlucke nur, vermeide aber jeglichen Kommentar. Kann ja sein, dass es um etwas völlig anderes geht.

»Louisa, ich habe dich früher erwartet«, beginnt Gregor in arrogantem Ton.

Wieder sehe ich auf meine Uhr. »Aber ich bin doch pünktlich.«

»Ihr sollt immer zwanzig Minuten vor Dienstbeginn da sein, das habe ich schon hundertmal erklärt.«

»Das Auto ist nicht angesprungen und dann wurde ich von einem angefahren«, rechtfertige ich mich schnell, muss aber im nächsten Moment feststellen, wie blöde diese Ausrede klingt.

Gregor bestätigt meine Vermutung. »Dafür siehst du aber wirklich fit aus. Oder hast du innere Verletzungen? Soll ich vielleicht einen Notarzt rufen?«

»Nein«, murmle ich und sehe betreten zu Boden.

»Also, geht es dir gut?«, fragt er mit sarkastischem Unterton nach.

Ich zucke mit den Schultern. »Kommt darauf an, weshalb du mich sprechen möchtest.«

»Gut, dass du das Thema anschneidest. Wir gehen am besten in mein Büro.«

Mir wird kalt, gleichzeitig schwitze ich, und mein Herzschlag beschleunigt sich. Der wenig überzeugende mitleidige Blick der Polizessin tut sein Übriges.

Hat sie etwa doch ...?

Zwar trotte ich Gregor brav hinterher, könnte ihm aber genauso gut auch in die Hacken laufen und so tun, als sei es keine Absicht gewesen. Meinen Job bin ich ohnehin los. Da bin ich mir inzwischen sicher.

Wie durch Watte nehme ich die Geräusche um mich herum wahr, während mein Ex-Chef in spe mir seine Bürotür aufhält, einen Platz anbietet und sich selbst in seinen Sessel plumpsen lässt. Selbstgefällig stützt er die Ellbogen auf seinem Schreibtisch ab und verschränkt die Finger.

»Mir ist da etwas zu Ohren gekommen«, beginnt er geschwollen mein Entlassungsgespräch.

»Ich kann's mir denken.«

Sie hat Gregor also eben echt brühwarm erzählt, was gestern Nacht passiert ist? Ich verstehe es nicht. Ich kenne die Tussi doch gar nicht. Was zum Geier habe ich ihr getan?

»So? Was denkst du denn?«, fragt er nach.

»Ich glaube, das geht dich nichts an.«

»Und ich glaube, dass du dein Temperament unter Kontrolle bringen solltest. Ich denke nicht, dass du dir jetzt noch solche Frechheiten erlauben kannst.«

»Falsch! Gerade *jetzt* kann ich sie mir erlauben. Du hast doch dein Urteil ohnehin schon gefällt. Was hat dir deine Freundin erzählt, hm?«

»Welche Freundin?« Er legt den Kopf schief und tut so, als ob er nicht wisse, wen ich meine. So ein schlechter Schauspieler!

Ich rolle mit den Augen, seufze und verschränke die Arme vor der Brust. »Jetzt spuck's schon aus! Was wolltest du mir sagen? Können wir das endlich hinter uns bringen?«

»Na schön. Wenn du mir deine Version nicht erzählen möchtest ...«

»Als wenn du sie hören willst!«, speie ich ihm entgegen. Ich kann das Theater wirklich nicht mehr ertragen.

Diese Bitch hat mich bei meinem Chef verpfiffen! Ich glaube es einfach nicht und bin der festen Überzeugung, dass sie das gar nicht durfte. Aber beweisen kann ich das natürlich nicht. Gregor hat ja bisher nur Andeutungen gemacht. Ich frage mich nur, wie man völlig grundlos so bösartig sein kann.

»Ich muss dich entlassen, Louisa, tut mir sehr leid.«

»Tut es nicht!«

»Bestimmte Vorkommnisse sind nicht mit unserer Unternehmensphilosophie vereinbar.«

»Ach komm, spar dir das. Du suchst doch schon lange nach einem Grund, mich loszuwerden. Diese *Vorkommnisse* haben rein gar nichts mit meiner Arbeit hier zu tun.«

»Das sehe ich anders.«

»Na schön. Das hat doch sowieso keinen Sinn. Kann ich jetzt gehen?«

Gregor räuspert sich. »Du müsstest mir bitte noch die Empfangsbestätigung unterschreiben.« Er schiebt mir ein Blatt Papier über den Schreibtisch, auf dem meine Kündigung ausformuliert steht.

»Wow, du hast keine Zeit zu verlieren, was? Hattest du das vorbereitet?«

»Mach dich nicht lächerlich«, erwidert er wenig überzeugend.

Nachdem ich den Wisch unterschrieben habe, händigt er mir mein Exemplar aus.

»In den Toiletten müssten die Füllstände der Seifenspender und der Toilettenpapiervorrat überprüft werden«, erklärt Gregor nun und sieht mich abwartend an.

Ich blinzle fassungslos. »Und was bitte habe ich damit zu tun?«

Das ist normalerweise Aufgabe der Putzkolonne. Ich bin Trainer und Servicemitarbeiter.

»Ich will dich bis zu deinem Austritt nur geeignet beschäftigen.« Krampfhaft versucht er, ein dümmliches Grinsen zu unterdrücken.

Was für ein Penner! Er will mich ernsthaft vier Wochen lang mit Sinnlosaufgaben schikanieren? Wie nett.

»Also gut, wie Sie wünschen«, antworte ich übertrieben förmlich, verlasse erhobenen Hauptes das Büro und hoffe inständig, das Karma möge irgendwann seines Amtes walten.

Zum ersten Mal, seit ich im Studio arbeite, mache ich auf die Minute pünktlich Feierabend, halte kein Schwätzchen mehr mit Basti oder einem Stammkunden, wische nicht noch schnell den Tresen ab und falte auch nicht die frisch gewaschenen Handtücher. Ich verabschiede mich lediglich von meinem Kollegen, der mich mitleidig ansieht, und halte wieder meine Karte vor den Scanner. Es ertönt allerdings nicht wie gewohnt das helle Piepsen, das signalisiert, dass die Karte erfolgreich gelesen wurde, sondern ein ekelhafter Ton des Scheiterns.

Ich probiere es erneut, aber das Gerät verweigert mir weiterhin die Flucht nach Hause.

Erbost drehe ich mich um und starre in Richtung von Gregors Büro, der in diesem Moment selbstgefällig grinsend auf mich zujoggt.

»Entschuldige, Louisa, ich habe vergessen, dir die neue Mitarbeiterkarte zu geben. Deine alte habe ich deaktiviert. Dürfte ich ...?« Mit schiefgelegtem Kopf streckt er die Hand nach meiner Karte aus, die mir alle Freiheiten im Studio gewährt ... gewährt hat. Nun reicht er mir so ein Teil, das externe Mitarbeiter bekommen, damit sie keinen Zugang zum Personalbereich haben.

Der Kerl gibt sich extrem viel Mühe, mir das Leben schwer zu machen. Was zum Teufel habe ich ihm eigentlich getan?

Ist er beleidigt, weil ich nie auf seine dämlichen Flirtversuche eingegangen bin, als ich hier angefangen habe? Oder weil ich das Studio nicht als meinen ganzen Lebensinhalt betrachte, sondern als Zwischenstation auf dem Weg, wo ich wirklich hinwill?

Wer weiß, das ist jetzt nicht mehr wichtig. Dringender ist die Frage, wo ich nun einen neuen Job herbekomme, um die Rechnungen zu bezahlen. Ich habe nichts vorzuweisen außer meiner Liebe zum Sport. Und ein abgebrochenes BWL-Studium.

Wie soll ich die Nebenkosten für das Haus zahlen? Wie soll ich Maries Schulsachen finanzieren. Wie soll ich einkaufen gehen?

Wenn ich daran denke, dass wir uns noch mehr einschränken müssen, wenn ich nur noch ein paar Kröten Arbeitslosengeld bekomme, dann wird mir schlecht. Ich muss mir dringend einen neuen Supermarkt mit einer großen Tonne ohne Schloss suchen.

In meinen Gedanken versunken bin ich nach draußen gelaufen und habe schon die Bushaltestelle hinter mir gelassen. Meine Schritte haben sich wie von selbst beschleunigt, ich renne fast die Straße entlang.

Und plötzlich stelle ich fest, dass meine Wangen nass sind.

Beschämt wische ich mir die Tränen weg, atme tief durch und versuche mich wieder zu beruhigen, mein Tempo zu kontrollieren.

Das darf doch alles nicht wahr sein. Innerhalb von vierundzwanzig Stunden habe ich mich mit der Polizei und meinem Chef angelegt und so viel Ärger an der Backe, dass ich gar nicht weiß, wo ich anfangen soll aufzuräumen.

Ich brauche dringend einen klaren Kopf.

DREI

Hiobsbotschaft

Zu Hause erwartet mich wie gewöhnlich weiteres Chaos. Nachdem ich den Briefkasten geleert habe, schließe ich die Haustür auf und höre schon das Dosenlachen irgendeiner US-Sitcom im Fernsehen. Nebenbei läuft Musik. Im Flur stolpere ich beinahe über den Schulrucksack und die Schuhe meiner Schwester. Die Jacke liegt auf dem Boden, statt am Haken zu hängen, der Teppich ist voller Krümel. Aus der Küche strömt mir ein herrlicher Duft entgegen, der zwar eine leckere warme Mahlzeit verspricht, aber vermutlich auch eine Unordnung bedeutet, die einem Bombeneinschlag Konkurrenz macht.

»Marie!«, brülle ich ins Haus hinein, erwarte aber gar keine Antwort, hänge die Jacke selbst auf und stelle den Rucksack beiseite.

Die Musik in der Küche ist so laut, dass sie mich wahrscheinlich ohnehin nicht hört.

Ich schalte die Flimmerkiste aus, weil sowieso niemand zusieht. Mein Vater ist offenbar nicht da, oder er schläft ... oder was auch immer er den ganzen Tag treibt.

Danach zieht es mich mit den leeren Bierflaschen, dem eingetrockneten Käsedip von gestern Abend und dem Stapel Post in die Küche. Als ich die Tür öffne, haut mich die Lautstärke des Radios fast aus den Latschen.

Marie tanzt mit einer Pfanne in der Hand gerade vom Herd in Richtung Spüle.

»Schwesterherz«, schreit sie fröhlich.

»Was?«, entgegne ich lauthals, um ihr zu signalisieren, dass die Musik ohrenbetäubend ist.

Sie rollt mit den Augen und macht das Radio leiser.

»Ich hab gekocht«, lässt sie mich unnötigerweise wissen.

»Man sieht's«, grummle ich vor mich hin.

»Hast du keinen Hunger?«

»Nicht wirklich.«

Enttäuscht lässt Marie die Schultern sinken und stellt die Pfanne auf einem Untersetzer ab. »Ich konnte leider nicht die Rindersteaks machen, die ich versprochen habe, weil du keine Rindersteaks besorgt hast.«

Tja, die liegen wahrscheinlich jetzt in der Asservatenkammer der Polizei und gammeln vor sich hin.

»Wie wäre es, wenn du selbst mal einkaufen gehst?«, schlage ich vor.

»Es ist kein Geld in der Haushaltsdose.«

Ich rolle mit den Augen. Es kann doch nicht sein, dass das Ding ständig leer ist!

»Du sollst dir auch keinen Lipgloss davon kaufen, sondern wichtige Dinge besorgen, wenn etwas fehlt.«

»Erstens habe ich mir nie Lipgloss von dem Geld gekauft, nur eine Mascara - und die war wirklich, wirklich wichtig -, und zweitens nehme ich gar nicht so viel aus der Dose. Du gehst doch meist einkaufen.«

»Ja, ganz genau«, murmle ich und reiße einen Brief von unserem Telefonanbieter auf, der allerdings nur Werbung enthält.

»Wie dem auch sei, ich habe jetzt Linsencurry mit Mango und Kokos gemacht. Hab mir echt viel Mühe gegeben. Willst du wirklich nichts essen?« Sie sieht traurig aus, und ich habe sofort ein schlechtes Gewissen.

»Okay, ich koste mal«, sage ich schnell und hole uns beiden einen Teller. »Isst Papa auch mit? Oder was macht er?«

»Er schläft. Ich will ihn nicht wecken.«

»Immer noch oder schon wieder?«

Den Sarkasmus in meiner Stimme überhört Marie - oder ignoriert ihn absichtlich -, zuckt nur mit den Schultern. Dann schaufelt sie eine riesige Portion auf jeden Teller und stellt mir einen davon vor die Nase.

»Heute mal vegetarisch«, erklärt sie und sieht mich abwartend an.

Vor dem Hintergrund, dass ich eigentlich nur probieren wollte, lächle ich angestrengt. Die neueste Kreation meiner Schwester riecht lecker und sieht auch so aus, aber mein Magen krampft sich angesichts der Ereignisse der letzten Stunden schon wieder zusammen. Allein vom Gedanken, jetzt etwas zu essen, wird mir übel. Dennoch schiebe ich mir die erste Gabel tapfer in den Mund.

Schmeckt wirklich fantastisch. Für ihre sechzehn Jahre kann Marie super kochen und macht es noch dazu gerne. Was mir natürlich entgegenkommt, denn viel Zeit habe ich dafür nicht. Und der Elan fehlt mir auch.

»Und?«, will sie wissen.

»Sehr gut«, antworte ich, aber lege mein Besteck wieder beiseite. »Ich esse den Rest später, okay? Will noch laufen gehen, und das ist schlecht mit vollem Magen.«

»Alles in Ordnung bei dir?«, fragt sie nach.

Meine gedrückte Stimmung konnte ich offenbar nicht so gut verbergen. Ich sollte dringend an meinen Schauspielkünsten arbeiten.

»Ja, alles gut«, behaupte ich und krame in meinem Kopf nach einer plausiblen Erklärung. Unmöglich kann ich Marie erzählen, dass ich gefeuert wurde. Dann müsste ich auch sagen warum, und das kommt nicht infrage. Sie würde sich für mich und ihre Familie schämen. Keinesfalls möchte ich, dass sie in der Schule Zielscheibe für Lästereien wird. Es genügt, dass ich das damals ertragen musste.

»Das Studio war nach Feierabend zu voll, und mein Chef hat mich nicht trainieren lassen«, flunkere ich schließlich. »Ich bin nur nicht ausgelastet, will noch mal in den Club.«

»Du willst nach dem Fitnessstudio in den Sportclub, und das auch noch im Laufschritt«, fasst Marie scharfsinnig zusammen und zieht eine Augenbraue nach oben. »Na, da würde mir aber was fehlen. Übertreibst du es nicht ein bisschen mit deinem Sportfanatismus?«

»Wie ich schon sagte, im Studio konnte ich nicht trainieren. Das hat nichts mit Fanatismus zu tun. Kann ja nicht jeder die guten Gene von Mama geerbt haben.«

Sie stockt kurz, ich sehe ihr den Anflug von Unsicherheit an, jedes Mal, wenn ich unsere Mutter erwähne.

Marie ist beneidenswert schlank, obwohl sie Essen nicht nur für ihr Leben gern zubereitet, sondern auch noch in großen Mengen selbst vertilgt.

»Du hast doch eine Topfigur!«, entgegnet sie.

»Weil ich viel dafür tue. Und damit meine ich nicht, mir den Ranzen vollzustopfen. Wenn ich so futtern würde wie du, sähe ich aus wie ein Hefekloß.«

»Okay, okay, ich hab schon verstanden, es schmeckt dir nicht.« Sie schiebt theatralisch die Unterlippe nach vorn, muss aber im nächsten Moment schon wieder lachen.

»Du doofes Ei! Du weißt, ich liebe dein Essen. Und damit ich noch ganz viel davon genießen kann, muss ich jetzt Sport machen.«

»Gut, aber das nächste Mal haust du deinen Chef mit einem deiner Kung-Fu-Tritte um. Der soll sich nicht immer so aufspielen.«

»Du weißt, dass ich Karate mache?«

»Ist doch dasselbe.«

»Ist es nicht!«

»Wie du meinst. Ich geh jetzt zu Lena. Wird spät. Hab dich lieb.« Ihren plötzlichen Abschied krönt sie noch mit einem Kuss auf meine Wange und ist im Flur verschwunden.

»Willst *du* denn nichts essen?«, rufe ich ihr noch hinterher, aber im nächsten Moment höre ich schon die Haustür ins Schloss fallen.

»Oder vielleicht deinen Scheiß hier wegräumen?«, murmle ich vor mich hin und beginne, den Inhalt der Pfanne und die Reste auf unseren Tellern in eine Plastikdose zu füllen. Danach sortiere ich das Geschirr und die Kochutensilien in den Spüler und stelle ihn an.

Warum bin ich eigentlich die Einzige, die hier etwas wegräumt? Ich lebe mit zwei Kindern zusammen, aber keins davon ist mein eigenes! Manchmal frage ich mich, was ich Schlimmes verbrochen habe, dass ich so bestraft werde. An meinen nächtlichen Touren kann es nicht liegen. Schon seit Jahren spiele ich die Teilzeithausfrau. Im Prinzip, seit meine Mutter nicht mehr da ist.

Mein Blick fällt erneut auf den Stapel, den ich aus dem Briefkasten geholt habe. Neben der Supermarktwerbung finde ich noch einen Brief unserer Bank. Zwar ist er an meinen Vater adressiert, aber mich beschleicht ein mulmiges Gefühl, da der Schriftwechsel sonst immer elektronisch stattfindet. Als ich den Brief geöffnet habe, springt mich bereits die in fetten Buchstaben geschriebene Überschrift an: 2. Mahnung zu Ihrer Immobilienfinanzierung.

Das darf nicht wahr sein! Eine Mahnung? Und auch noch die zweite? Was ist mit der Zahlungserinnerung und der ersten Mahnung passiert? Wo sind die abgeblieben?

Ich könnte wetten, dass mein Vater sie bekommen, aber ignoriert hat.

Das ist so typisch. Um alles muss ich mich kümmern. Ich dachte, dass er wenigstens so viel Verantwortungsbewusstsein übrighat, um die Raten für das Haus pünktlich zu bezahlen, aber nicht einmal das bekommt er mehr hin.

Stehen wir also demnächst auch noch auf der Straße? Ich kann das doch nicht alles allein stemmen!

Nicht nur Panik, sondern auch Wut steigt in mir auf.

Mit festen Schritten trample ich die Treppe ins Obergeschoss nach oben und öffne unsanft die Tür zum Schlafzimmer meines Vaters. Der Raum ist stickig, also öffne ich ein Fenster, ohne dabei leise zu sein, aber ihn stört es offenbar nicht. Er schläft tief und fest.

Eine Weile betrachte ich ihn, ohne mich zu bewegen.

Seit meine Mutter nicht mehr da ist, leidet er schrecklich. Ich glaube, er hat ihren Tod nie wirklich überwunden. Ich bin mir nicht einmal sicher, ob *ich* meine Trauer bewältigt habe. Keine Ahnung, wie so etwas geht, wie man mit so was fertigwerden soll, wann man darüber hinweg ist. Es ist zwar schon so lange her, aber die Lücke, die meine Mama hinterlassen hat, konnte bis heute niemand schließen.

Ich muss mich am Riemen reißen. Für meinen Papa. Damit er sich irgendwann von dem Schmerz erholen kann. Und für meine Schwester. Denn auch wenn sie sich nicht mehr richtig an unsere Mama erinnern kann, spüre ich ihren Verlust tagtäglich. Sie spricht selten von ihr, aber das Thema geht nicht spurlos an ihr vorbei. Erst vorhin habe ich das wieder bemerkt, als ich Mama erwähnt habe.

Nun schleiche ich auf leisen Sohlen zu der kleinen Kommode gegenüber dem Bett, denn nun möchte ich doch nicht, dass mein Vater aufwacht. Behutsam ziehe ich die obere Schublade heraus und entdecke einige ungeöffnete Briefe. Ich weiß, dass mein Vater hier gern die Post aufbewahrt, die er später noch ansehen möchte, aber dieser Stapel sagt, dass er die Sendungen schon eine ganze Weile sammelt. Die meisten davon sind mir egal, ich suche zwei ganz bestimmte Schreiben. Nachdem ich die beiden gefunden habe, schließe ich die Kommode wieder und verlasse das Schlafzimmer. Zusammen mit der zweiten Mahnung verstaue ich die Briefe in meinem Zimmer in der Schreibtischschublade. Ich muss mich heute Abend damit befassen, im Moment habe ich keinen klaren Kopf dafür.

VIER

Umwerfende Begegnung

Endlich ziehe ich mir meine Joggingsachen an, sodass ich mir meinen Frust von der Seele laufen kann. Im Club werde ich eine intensive Trainingseinheit einlegen, um mich heute Abend auf eine Lösung für unser finanzielles Problem konzentrieren zu können. Ich muss mir unbedingt etwas einfallen lassen, damit ich die zwei ausstehenden Raten innerhalb von vierzehn Tagen bezahlen kann. Die Haushaltskasse ist leer, mein Konto ebenso, und auf das Konto meines Vaters brauche ich sicher nicht zu sehen.

Trotz des elendigen Knarzens der Treppenstufen erreiche ich unbemerkt die Haustür. Doch als ich sie öffne, bleibt mir vor Schreck fast das Herz stehen.

Auf der Türschwelle steht Mika und hat den rechten Zeigefinger nach der Klingel ausgestreckt.

»Mein Gott, du hast mich zu Tode erschreckt!«

»Schlechtes Gewissen?«, fragt er trocken.

»Hä? Warum sollte ich?«

»Menschen erschrecken sich nur so sehr, wenn sie ein schlechtes Gewissen haben.«

Ich schüttle verwirrt den Kopf. »So ein Blödsinn. Ich habe kein schlechtes Gewissen.«

»Du wolltest also gerade zu uns kommen? In Sportklamotten?«

Immer noch sehe ich ihn verständnislos an.

»Wir waren auf einen Kaffee verabredet«, hilft er mir auf die Sprünge.

Stimmt, da war was, nachdem er mich heute Morgen fast überfahren hätte. Der Kerl will mich umbringen. Schon zum zweiten Mal.

»Wir können auch hierbleiben«, schlägt Mika vor und macht einen Schritt auf mich und die Haustür zu.

Sofort ziehe ich die Tür hinter mir ins Schloss und stelle mich ihm in den Weg. »Ich kann jetzt nicht, Mika. Tut mir leid. Hab unsere Verabredung total vergessen.«

»Jetzt bin ich echt beleidigt. Was kann denn wichtiger sein als ein Kaffee mit mir?« Er grinst mich verschmitzt an.

Früher mochte ich das. Mika hatte immer das Talent, mich wieder zum Lächeln zu bringen, wenn ich traurig oder schlecht gelaunt war. Aber irgendwann haben seine Aufmunterungsversuche nicht mehr ausgereicht. Und heute werde ich eher wütend über seine Bemühungen, die Vergangenheit zu ignorieren. Zu viel ist seither passiert, als dass ich einfach den Reset-Knopf drücken könnte.

»Ich muss noch trainieren«, rede ich mich heraus, weil mir im Moment überhaupt nicht der Kopf nach einem oberflächlichen Plausch mit meinem ehemals besten Freund steht.

»Für was trainierst du?«

»Ich muss bald eine wichtige Prüfung absolvieren. Außerdem will ich meine Unterrichtsstunde für die Kids vorbereiten.«

»Du sprichst in Rätseln. Bist du jetzt Lehrerin? Als ich dich das letzte Mal gesehen habe, hast du BWL studiert.«

»Es hat sich viel verändert, Mika. *Ich* habe mich verändert. Und *ich* muss jetzt wirklich los. Wenn ich also ...«

Gerade will ich an ihm vorbeischlüpfen, doch er hält mich am Handgelenk zurück.

Seine Berührung elektrisiert meinen ganzen Körper, und ich werde schmerzlich an vergangene Zeiten erinnert, in denen es selbstverständlich war, dass wir beide uns nah waren.

»Bitte, Lou, renn nicht weg. Können wir nicht miteinander sprechen?« Inzwischen ist sein Grinsen einem ernsten Gesichtsausdruck gewichen.

Wir sehen uns lang in die Augen. Sein Flehen darin lässt mich weich werden.

»Von mir aus, dann rede! Aber beim Laufen.«

»Bitte was?«

»Ich laufe jetzt in meinen Sportclub, und du kannst gern mitkommen und sagen, was du loswerden möchtest.«

»Ähm ... du meinst, ich soll joggen?«

»Du kannst es auch lassen.«

»Nein! Moment ... ich hab nicht die richtigen Sachen dafür mit. Und ich bin echt nicht in Form. Kann ich auch Rad fahren?«

»Ist mir völlig egal. Hauptsache, ich kann jetzt los.«

»Okay, warte! Ich hole nur schnell das Rad.«

Während er sich umdreht und über die Straße in sein Elternhaus flitzt, mache ich mich schon auf die Socken. Er wird mit dem Fahrrad ja wohl hinterherkommen.

Allerdings dauert es ein paar Minuten, bis ich ihn hinter mir höre.

»Hey«, ruft er. »Flüchtest du etwa?«

»Nein, ich dachte, du kannst locker mithalten.«

Endlich hat er mich eingeholt und tritt nun gleichmäßig in die Pedale. »Mein Gott, du läufst schneller, als ich Rad fahre. Seit wann bist du so sportlich?«

»Seit der zehnten Klasse. Aber das hat dich ja nicht interessiert.«

»Moment! Wie kommst du darauf, dass mich das nicht interessiert hat?«

»Du hattest eben andere Dinge im Kopf.«

»Wir waren sechzehn. Natürlich hatte ich da viele Dinge im Kopf. Und wenn du dich nicht völlig von mir abgewandt hättest, hätte ich vielleicht auch mitbekommen, dass du auf Olympia spekulierst. Kannst du mal etwas langsamer laufen?«

»Erstens hast *du* dich abgewandt, zweitens will ich nicht zu den Olympischen Spielen und drittens solltest *du* vielleicht etwas schneller fahren. Deine Ausdauer ist ja furchtbar.«

»Nein, meine Reifen sind platt.«

Ich sehe nach unten, und tatsächlich, in den Gummis ist kaum noch Luft.

»Es wurde länger nicht benutzt«, erklärt Mika. »Und Zeit zum Aufpumpen hatte ich schließlich nicht.«

Genervt rolle ich mit den Augen. *Er* hat darauf bestanden mitzukommen. Ich habe ihn nicht darum gebeten.

»Ich bin ein paar Tage in der Stadt«, setzt er erneut an. »Wegen des Klassentreffens. Du weißt doch davon, oder?«

»Ja, aber ich werde nicht hingehen.«

»Warum nicht?«

Ich stoppe abrupt und atme ein paarmal tief ein und aus. »Falls du es nicht mitbekommen hast, war die Schulzeit nicht unbedingt meine schönste. Soll ich mit einem Haufen Idioten in Erinnerungen schwelgen, die nicht sonderlich angenehm für mich sind?«

Als Mika nicht sofort antwortet und mich nur betroffen ansieht, laufe ich einfach weiter. Zwar folgt er mir, sagt aber kein Wort mehr, bis wir am Club angekommen sind. Inzwischen frage ich mich, warum er mir immer noch an den Hacken klebt.

Bevor ich hineingehe, wende ich mich ihm zu. »Was willst du, Mika? Hast du mich jetzt nur verfolgt, weil du mich zu diesem blöden Klassentreffen überreden wolltest? Das hättest du dir sparen können. Warum möchtest du überhaupt, dass ich mitkomme?«

»Weil ... keine Ahnung ... Ich dachte, es wäre vielleicht schön, alte Freunde wiederzutreffen.«

»Welche Freunde? Deine? Ich hatte keine! Ich erinnere mich nur an Leute, die hinter vorgehaltener

Hand getuschelt haben, falls sie mich mal bemerkt haben. Oder an blödes Gelächter. Aber meist war ich sowieso nur Luft für alle anderen.«

»Das ist doch gar nicht wahr«, widerspricht er, doch scheint nicht mal er selbst von seiner Behauptung überzeugt.

Er hat offenbar eine völlig andere Wahrnehmung, also macht es wenig Sinn, mit ihm darüber zu diskutieren.

Mit einem Kopfschütteln lasse ich ihn stehen und betrete den Eingangsbereich des Sportclubs. Dem Mitarbeiter hinter dem Tresen werfe ich ein Lächeln zu, obwohl es mir schwerfällt.

»Ich geh trainieren«, informiere ich ihn. »Ist das kleine Dojo frei?«

»Erst in einer Stunde wieder besetzt.«

»Reicht.«

Dass ich in Ruhe an der Kata feilen kann, die ich mit den Kids morgen üben möchte, kann ich mir allerdings abschminken. Denn als ich den Gi aus meinem Spind im Gemeinschaftsraum hole, klopft es schon an der Tür. Im nächsten Moment steckt Mika den Kopf herein.

Mir entfährt ein genervtes Grummeln. »Du bist ja immer noch da!«

»Wir haben auch noch immer keinen Kaffee getrunken.« Er grinst mich blöde an.

»Das werde ich jetzt auch nicht. Hast du gedacht, ich laufe in den Club, um mit dir Kaffeeklatsch zu machen?«

»Offensichtlich nicht.«

»Ich will jetzt trainieren. Willst du mir etwa dabei zusehen?«

»Warum nicht?«

Zwar fühle ich mich sicher in meinen Bewegungsabläufen und bin schon vor unzähligen Menschen Kata gelaufen, aber dass Mika mich dabei beobachtet, behagt mir absolut nicht.

Dennoch sehe ich ein, dass ich ihn im Moment wohl nicht loswerde und willige ein. »Von mir aus. Aber darf ich mich wenigstens noch ungestört umziehen?«

»Ja ... ähm ... sicher«, stammelt er und schließt die Tür.

In der Damenumkleide ziehe ich flink meine Trainingsklamotten über und tapse dann barfuß auf den Flur hinaus. Dort wartet Mika an eine Wand gelehnt und hat tatsächlich eine Tasse Kaffee in der Hand.

»Ich schätze mal, du wolltest jetzt keinen, oder?«, vergewissert er sich.

Wieder rolle ich mit den Augen und steuere zielstrebig die kleine Trainingshalle an. Mein Einwand, dass Getränke, abgesehen von Wasserflaschen, in den Räumen nicht gestattet sind, juckt Mika nicht sonderlich.

»Ich passe schon auf«, erwidert er und setzt sich erwartungsvoll auf eine der Bänke am Rand der Halle.

Ich stelle mich auf und beginne mit der ersten Kombination aus Arm- und Beintechniken. Allerdings schlürft Mika so laut an seinem Heißgetränk, als würde die Feuerwehr gerade einen Keller auspumpen.

Ich lasse die Arme fallen und sehe ihn böse an.

»Was?«, fragt er, sobald er meinen Blick bemerkt hat.

»Ich kann mich nicht konzentrieren, wenn du säufst wie eine Kuh.«

»Also wenn, dann bin ich ein Bulle! Aber ich bin doch ganz leise. Lass dich nicht von mir stören.«

»Du störst mich aber ... okay, das geht so nicht.«

»Ist es dir etwa peinlich?«

»Nein!« Doch, aber das gebe ich mit Sicherheit nicht laut zu. »Ich brauche nur keine Zuschauer.«

»Sorry ... ich ... oh Mann, tut mir leid. Ich drängle mich auf.«

»Was du nicht sagst.«

»Ich wollte nur nicht, dass du mir wieder entwischst. Ich hatte das Gefühl, dass du mir aus dem Weg gehst.«

»Du solltest das nächste Mal auf dein Gefühl hören.«

»Lou ... bitte ...«

»Schon gut. Komm her.«

Sogleich steht er auf.

»Ohne den Kaffee!«

»Sorry.« Er stellt die Tasse auf der Bank ab und kommt mit unsicheren Schritten zu mir in die Mitte der Matte. »Was hast du vor?«

»Warte hier.« Ohne ihn aufzuklären, flitze ich zu den Schlagpolstern, klemme mir noch einen Kopfschutz unter den Arm und schleppe beides zu Mika.

Seine Augen werden immer größer. »Ähm ... was wird das?«

Noch immer gebe ich ihm keine Antwort, drücke ihm stattdessen den Helm in die Hand und zeige ihm, wie man die Pratze hält. »Mit beiden Händen greifen.«

»Benutzt du mich jetzt als menschlichen Boxsack?« Obwohl er ganz und gar nicht angetan von seiner Rolle scheint, nimmt er mir das Polster ab und stellt sich in Position.

»Du bist mein Trainingspartner. Das ist eine ganz normale Übung.«

»Okay, wenn du meinst. Sag mal, wann hast du ... Fuck!«

Der erste Tritt hat ihn offensichtlich sehr überrascht. Er taumelt zurück und kann sich nur schwer auf den Beinen halten.

»Was wolltest du sagen?«, frage ich mit einem süßlichen Lächeln.

»... seit wann du Karate machst«, beendet er seine Frage und reibt sich den Oberarm.

»Seit der zehnten Klasse, wie ich schon sagte.«

»Also hast du da plötzlich beschlossen, zur Leistungssportlerin zu werden? Wieso habe ich nichts davon mitbekommen?«

»Weil wir zu dem Zeitpunkt schon längst keine Freunde mehr waren, Mika. Mit sechzehn hatte ich meinen absoluten Tiefpunkt. Ich musste etwas ändern.«

»Ich wünschte, das hätte ich gewusst.«

»Erzähl mir nicht, dass du nichts gemerkt hast. Dass dir nicht im Geringsten bewusst war, wie schlecht es mir ging. Halt die Pratze hoch!«

In Mikas Gesicht erkenne ich ehrliche Betroffen-heit. Meine Worte haben ihn aufgewühlt, doch er folgt meiner Anweisung und hebt das Polster erneut schützend vor seinen Körper.

Wie kann man denn nur so ignorant sein? Hatte er wirklich so wenig Interesse an mir? Hatte er tat-sächlich nicht mitbekommen, dass ich am Boden zer-stört war? Bis zum Unfall meiner Mutter waren wir unzertrennlich gewesen. Dass er sich damals irgend-wann zurückgezogen hatte, war für mich schrecklich. Ich hatte gedacht, mein Gefühlschaos war einfach zu viel für ihn gewesen. Aber heute zu erfahren, dass er gar nichts gecheckt hatte, ist ebenso bitter.

Ich trete zu, aber diesmal ist er vorbereitet, schnauft nur kurz und macht sich fertig für den nächsten Angriff meinerseits. Ich schlage auf den Schutz ein, immer und immer wieder, während Mika jedes Mal ein Stück zurückweicht. Meine Be-wegungen werden schneller und schneller, bis ich nur noch sinnlos auf das Leder eindresche und mir die Tränen kommen.

»Weißt du eigentlich, wie einsam ich mich gefühlt habe?«, brülle ich ihn an. »Wie allein? Zwischen all den pubertierenden Ignoranten, die fröhlich ihr Le-ben weitergelebt haben, während für mich eine Welt zusammengebrochen ist?«

Bewegungslos starrt Mika mich an. War er eben noch bekümmert, wirkt er jetzt regelrecht bestürzt.

»Alle haben sich einen Scheiß darum gekümmert, wie es mir ging. Du eingeschlossen!«

Er schluckt schwer und lässt den Schutz sinken.

»Aber ich habe doch versucht ...«, beginnt er zu krächzen, doch ich unterbreche ihn: »Versucht! Versucht! Du hast mich aufgegeben.«

»Das ist unfair, Lou«, meint er kleinlaut.

»*Du* willst mir erzählen, was unfair ist? Unfair ist, seine Mutter zu verlieren, wenn man sie am meisten braucht. Ich war zwölf, verdammt noch mal! Ich hätte sie so sehr gebraucht. Aber sie wurde mir weggenommen. Unfair ist, dass man dann bemitleidet wird und die Leute einen großen Bogen machen, weil es zu unbequem ist, einem trauernden Teenager Halt zu geben. Unfair ist, dass Mitschüler sich absichtlich wegdrehen, wenn man den Raum betritt, damit sie sich nicht den unangenehmen Dingen widmen müssen, weil für sie das Leben ja einfach weitergeht. Unfair ist, dass man irgendwann dafür ausgelacht wird, wenn man sich völlig zurückzieht und sein Pausenbrot auf der Treppe zum Keller isst.«

Mikas Augen füllen sich mit Tränen. Vollkommen geschockt steht er da und rührt sich nicht. Nur das Geräusch seines flachen Atems dringt zu mir.

Auch meine Wangen sind feucht, dabei hatte ich mir vor sieben Jahren geschworen, nie wieder vor anderen so die Fassung zu verlieren. Ich schäme mich, bin aber andererseits erleichtert, die Worte einmal herausgebracht zu haben.

»Ich habe zu schnell aufgegeben«, flüstert Mika, immer noch völlig erschlagen von meinem Ausbruch. »Das tut mir so unendlich leid.«

Mit dem Handrücken wische ich mir die Tränen aus dem Gesicht und atme ein paarmal tief durch. Es hat gutgetan, auszusprechen, was mich schon seit so vielen Jahren belastet hat. Obwohl der Schmerz damit noch lange nicht aus der Welt geschafft ist, fühle ich mich besser.

»Nimm den Schutz wieder hoch!«, weise ich Mika schroff an.

Zunächst scheint er nicht zu kapieren, hebt aber mechanisch die Arme, als ich in Position gehe.

Mein Fuß trifft zunächst nur leicht auf das Leder, doch in meinen nächsten Tritt lege ich so viel Kraft, dass das Bein sein Ziel verfehlt und mein Fußrücken gegen Mikas Rippen kracht.

Ächzend geht er zu Boden und hält sich die Seite.

Shit! Das war nicht geplant. Ich wollte ihm keinesfalls wehtun, auch wenn ich verdammt wütend bin.

Sofort gehe ich auf die Knie und lege meine Hand auf seine.

»Okay, das habe ich wohl verdient«, stöhnt er.

»Nein, ganz und gar nicht. Das war keine Absicht.«

»Hat sich aber anders angefühlt.« Er lässt sich auf sein Hinterteil plumpsen und lacht gequält. »Da hat sich wohl eine Menge aufgestaut.«

Ich setze mich neben ihn und schlinge meine Arme um die Knie. Beschämt schaue ich zu Boden. »Mag sein. Aber ausknocken wollte ich dich wirklich nicht.«

»Ich werd's überleben. Mach dir da mal keine Gedanken. Wenn du das brauchst, um Dampf abzulassen, bin ich sogar gern dein menschlicher Boxsack. Ich bin nur froh, dass du mir nicht in die Eier getreten hast. Das hätte ich dir wahrscheinlich doch übel genommen.«

Nun bringt er mich doch wieder zum Lachen, obwohl ich eigentlich sauer sein wollte.

»Ich wusste wirklich nicht, wie du dich damals gefühlt hast«, sagt er wieder ernster. »Ich hab versucht, an dich ranzukommen, glaub mir, aber ich wusste nicht, wie ich dir helfen konnte.«

»Einfach da zu sein, hätte schon gereicht.«

»Das wolltest du nicht.«

Ich sehe zu ihm rüber. Als er meinen Blick bemerkt, dreht er den Kopf zu mir. Das schlechte Gewissen steht ihm ins Gesicht geschrieben.

»Vielleicht ja doch«, hauche ich.

Nur ganz sachte hebt er die Schultern. »Das war mir nicht bewusst.«

Von dem lauten Knarzen der Hallentür werden wir aufgeschreckt und rappeln uns auf.

»Louisa?« Als Henrik uns entdeckt, kommt er auf uns zu. »Tom sagte, dass du hier bist ... Alles in Ordnung?« Offenbar sind ihm meine geröteten Augen aufgefallen und er sieht misstrauisch zu Mika.

»Ja, alles bestens«, versichere ich lächelnd. »Ich wollte die Kata für morgen durchgehen«, erkläre ich. »Das ist übrigens Mika, ein alter Schulfreund. Mika, das ist Henrik, der Chef hier.«

Die beiden Männer geben sich die Hand.

»Mika hat mir nur beim Training geholfen.«

»Sie hat mich vermöbelt«, verrät Mika, als wäre er stolz darauf.

»Ja, das kann sie gut«, bestätigt Henrik und wendet sich dann an mich. »Du, ich wollte mal mit dir sprechen.«

»Was gibt's?«

»Wir müssen uns demnächst mal über die Zukunft des Kinderkurses III unterhalten.«

Als mich Henrik so zerknirscht ansieht, rutscht mir das Herz in die Hose.

»Was ist mit dem Kurs?«, hake ich nach.

»Wir wollen zukünftig den Fokus auf Kumite legen. Das hat sich für die Karateschule einfach besser bewährt. Die Kurse werden ja aber von Flo und Elias gegeben.«

»Schmeißt du mich etwa raus?«, grätsche ich mit viel zu hoher Stimme dazwischen. Noch so einen Tiefschlag verkrafte ich heute nicht.

»Nein, ich schmeiß dich doch nicht raus! Ich möchte nur damit sagen, dass wir deinen Kurs auf die beiden anderen aufteilen. Viele Eltern haben das so an mich herangetragen.«

»Liegt es an mir? Liegt es an meiner Art zu unterrichten?«

»Nein, um Gottes willen. Die meisten Eltern wünschen sich nur eine Neuausrichtung. Aber im Kumite-Training kann ich dich nicht einsetzen, das weißt du.«

Enttäuscht lasse ich die Schultern fallen. »Und was ist mit den Eltern, die sich das nicht wünschen?«

»Ich kann auf vereinzelte Wünsche keine Rücksicht nehmen. Die Kurse müssen sich ja auch rentieren. Also, vielleicht setzen wir dich erst mal im Fitnessbereich ein, bis wir etwas Neues für dich gefunden haben.«

»Aber da versauere ich doch total!«

»Es ist doch nicht auf Dauer. Wir besprechen das noch mal in Ruhe, okay? Ich wollte dich nur vorab informieren. Von jetzt auf gleich lösen wir den Kurs sowieso nicht auf.«

»Na gut«, grummle ich und muss mich beherrschen, nicht die Arme vor der Brust zu verschränken.

»Wir können ja morgen Abend nach deinem Kurs noch mal reden, in Ordnung?«, versucht Henrik die Situation zu entschärfen, doch ich bin zu frustriert, um eine erwachsene Antwort zu geben.

Er verabschiedet sich und lässt uns wieder allein.

Mika räuspert sich. »Tut mir leid.«

»Das ist doch alles eine riesengroße Scheiße!«, stoße ich aus und trete die Pratze, die Mika auf dem Boden abgelegt hat, mit dem Fuß quer über die Matte.

Autsch, das tat weh. Ich hatte vergessen, wie schwer das Ding ist. »Was zur Hölle habe ich nur getan? Alles geht den Bach runter! Mein Leben ist ein einziges Desaster.«

»Dieser Henrik schien sehr bemüht. Er findet sicher eine neue Aufgabe für dich, die dir Spaß macht.«

»Es geht ja nicht nur um diesen Nebenjob hier.«

»Was ist denn los?«

»Ich wurde heute gefeuert«, platzt es aus mir heraus, und schon wieder kann ich die Tränen nicht zurückhalten. »Ich hatte einen Job im Fitnessstudio, aber den bin ich auch los. Was mache ich denn jetzt?«

»Mit deinem Abschluss findest du doch sicher schnell etwas Neues.«

»Meinem Abschluss?«

»Na ja, BWLer werden doch immer gern genommen. Egal in welcher Branche. Vielleicht findest du auch wieder etwas, das mit Sport zu tun hat.«

»Ah ... mein Studium ...«

... das ich nicht abgeschlossen habe. Was er natürlich nicht weiß.

»Ja. Daraus lässt sich doch sicher etwas machen.«

»Hm«, mache ich wenig überzeugt.

Er ahnt ja nicht, was ich alles draufhabe, aus dem man eben *nichts* machen kann.

Ich habe keinen Studienabschluss, keine Ausbildung, nur meine Trainer-B-Lizenz, die ich in nur einem Monat über das Internet gemacht habe. Mehr wollte das Fitnessstudio damals von mir nicht haben.

Mein berufliches Scheitern werde ich aber ganz sicher nicht mit Mika diskutieren. Ich bekomme das schon wieder auf die Reihe.

»Ich denke, ich werde jetzt nach Hause fahren und meine Rippen kühlen.«

»Das bringt zwar nicht viel, aber mach das. Ich geh noch die Kata durch. Solange ich die Kids noch habe, will ich sie anständig trainieren.«

»Entschuldige meine Aufdringlichkeit.« Er streicht mir eine Strähne meines Haares hinters Ohr, was ich nur ungern über mich ergehen lasse.

Unbehaglich weiche ich ein Stück zurück. »Gut ... wir sehen uns.«

»Ja ... ähm ... meine Mutter lässt anfragen, ob ihr alle am Samstag zu uns zum Grillen kommen wollt.«

Ich sehe ihn skeptisch an.

»Weil ich doch so lang nicht in der Stadt war. Sie dachte, es wäre schön, wenn wir uns treffen ... so wie früher.«

So wie früher ...

Ja, das wäre schön, aber das wird nie wieder so passieren.

»Von mir aus. Ich frage meinen Vater.«

»Fein ...«

Nur widerwillig dreht er sich um und verlässt das Dojo. Ich habe das Gefühl, dass er mir noch viel mehr sagen wollte, doch das ist nicht der richtige Zeitpunkt.

Ich kann mich jetzt nicht auch noch mit meiner Vergangenheit auseinandersetzen, wenn mich die Gegenwart gerade komplett verarschen will. Sicher können wir einiges aus der Welt schaffen, was damals passiert ist. Aber nicht jetzt. Zunächst muss ich mich darauf konzentrieren, einen neuen Job zu finden und das Haus nicht zu verlieren. Das Haus, das wir damals mit Mama bezogen haben, das wir gemeinsam eingerichtet haben, als Marie zur Welt kam. Ausgeschlossen, dass wir das aufgeben!

FÜNF

Peinliche Momente

Mit einer Flasche seines besten Whiskeys in der Hand steht mein Vater vor der Tür der Winters und drückt auf den Klingelknopf.

Ich schiele zu ihm rüber. Er hat heute endlich einmal Jeans und ein Hemd an, ist frisch rasiert, und die langsam ergrauenden Haare sind gekämmt. Sein Aftershave duftet dezent. Momentan erinnert nichts an den Mann, der sonst fast den ganzen Tag auf der Couch sitzt, Sitcoms schaut oder im Bett liegt.

Für gewöhnlich verlässt er selten das Haus, aber die Einladung von Siegfried und Anni hat er gern angenommen.

Früher waren wir so oft hier drüben. Fast jedes Wochenende saßen die Erwachsenen auf der Terrasse und haben sich unterhalten, während wir Kinder im Garten gespielt haben.

Marie kann sich kaum noch an diese Zeit erinnern, weshalb sie weniger begeistert von unserem Treffen ist. Sie wäre lieber zu ihrer Freundin Lena gegangen. Deshalb wartet sie nun demotiviert darauf, dass uns jemand die Tür öffnet.

Ich hätte sicherlich auch wichtigere Dinge zu erledigen gehabt, doch ich konnte Siegfried den Wunsch nicht abschlagen. Außerdem hat sich mein Vater mal wieder gesellschaftstauglich gemacht. Das ist es wert.

Erst nach dem zweiten Klingeln öffnet uns Mikas jüngerer Bruder Jonah die Tür.

»Sorry, wir sind schon im Garten und haben die Klingel nicht gleich gehört«, erklärt er die Verspätung.

»Schön, dass du auch da bist«, erwidere ich und drücke ihn kurz. »Lange nicht gesehen.«

»Ich hab dieses Jahr meinen Meister gemacht und bin vor ein paar Monaten mit meiner Freundin zusammengezogen.«

»Wow, mit einundzwanzig schon Malermeister. Du bist ja ein echter Streber.«

»Ich habe eben große Ziele.«

Jonah ist zwei Jahre jünger als ich und hat in seinem Leben schon mehr erreicht, als ich wahrscheinlich jemals schaffen werde. Echt traurig. Für mich.

Während mein Vater ihn ebenso wie ich umarmt, begrüßen sich Jonah und Marie nur verhalten. Meine Schwester ist in einem Zustand, in dem ihr jeglicher Kontakt zum anderen Geschlecht äußerst peinlich ist. Jeder Blick wird mit der Freundin bis ins kleinste Detail totanalysiert, bis letztendlich jedes Fünkchen Aufmerksamkeit die große Liebe bedeuten könnte. Jedes männliche Wesen scheint ein potenzieller Kandidat für die gemeinsame Zukunft zu sein. Ich kann nur hoffen, dass ihr Lebensgefährte in spe ein bisschen mehr Sinn für Ordnung hat als sie.

Gerade würde ich Marie am liebsten an Jonahs eben erwähnte Freundin erinnern, und dass sie sich nicht so anstellen braucht, weil er ohnehin nicht auf dem Markt ist, aber ich will sie nicht noch mehr in Verlegenheit bringen.

Wir gehen den Flur entlang, in dem keine Jacken und Schuhe auf dem Boden herumliegen. Der Läufer ist gesaugt, der Spiegel geputzt, die Kommode vom Staub befreit. Das aufgeräumte Wohnzimmer ist hell und freundlich und erinnert mich an unseres, als alles noch in Ordnung war und nicht den ganzen Tag die Vorhänge zugezogen waren.

Im Garten entdecken wir Anni, die gerade den Tisch deckt und zu strahlen beginnt, als sie uns bemerkt.

»Peter, Louisa, Marie, es ist so schön, euch zu sehen!«, empfängt sie uns mit herzlicher Stimme, drückt meinen Vater an sich und schließt dann meine Schwester und mich in die Arme. Sie will uns gar nicht mehr loslassen.

»Wie geht es euch?«, frage ich sie und schiele zu Siegfried hinüber, der in diesem Moment mit einem Getränkekasten aus dem Keller kommt.

Sofort legt Mika die Grillzange beiseite und eilt seinem Vater zu Hilfe.

»Du sollst nicht so schwer tragen«, zischt er ihm zu.

»So alt bin ich nun auch wieder nicht.«

»Es geht nicht um dein Alter, das weißt du genau!«

Besorgt sieht Anni ihren Mann an, konzentriert sich dann aber wieder auf uns. »Setzt euch doch schon mal. Das Essen ist gleich fertig.«

Nachdem Siegfried und Mika fertiggestritten haben, wer von beiden die Flaschen im Kühlschrank auf der Terrasse einräumen darf, kommen auch sie zu uns herüber und begrüßen uns. Marie wirkt bei Mikas Umarmung deutlich entspannter, weil er in ihren Augen schon als ›Oldie‹ gilt, obwohl sie nur acht Jahre voneinander trennen.

Mir gegenüber verhält sich Mika wiederum so, als hätten wir eine heimliche Affäre.

»Hey«, sagt er zaghaft und steckt die Hände in die Hosentaschen.

»Hey«, erwidere ich, nicht minder schüchtern.

Mein gestriger Ausbruch von Schwäche ist mir noch immer peinlich.

Ich folge ihm zurück an den Grill, auf dem er die Steaks wendet.

»Wie geht es deinen Rippen?«, frage ich.

Wortlos schiebt er sein Shirt nach oben und zeigt mir den fetten Bluterguss.

Au Backe! Ich habe ihn ganz schön erwischt.

Unwillkürlich strecke ich die Hand nach ihm aus, ziehe sie aber sogleich zurück, als mir bewusst wird, dass wir nicht allein sind.

»Mika hat sich von einem Mädchen verprügeln lassen«, ruft Jonah zu uns rüber und grinst frech.

»Pass auf, sonst hetze ich sie auch auf dich!«, entgegnet er und zeigt auf seine Wunde. »Sie macht dich kaputt!«

Ihm ist seine Schmach offensichtlich weniger unangenehm. Noch immer hält er mir das Zeugnis meines Fehltrittes entgegen und betatscht es pausenlos, obwohl er bei jeder Berührung das Gesicht verzieht.

»Hör doch auf, es anzufassen«, schimpfe ich.

»Ich kann nicht.«

Am liebsten würde ich mitmachen, denn sein Oberkörper sieht wirklich extrem gut aus. Ohne Shirt sogar noch besser. Ich muss schwer schlucken, aber zum Glück bemerkt er es nicht. Er ist zu sehr mit sich selbst beschäftigt.

Ich frage mich, ob er das mit Absicht macht, um seinen trainierten Body zu präsentieren. Da sind doch alle Männer gleich.

Allerdings muss ich zugeben, dass seine Aktion ihre Wirkung nicht verfehlt, gewollt oder nicht. Es ist zu niedlich, wie er mit gerafftem Oberteil dasteht und seine Wunden leckt.

»Wir haben nun alle deine Bauchmuskeln bewundert«, wirft Siegfried ein. »Kümmere dich lieber um das Fleisch auf dem Grill.«

»Nein, Lou noch nicht«, widerspricht Mika, zieht sein Shirt noch weiter hoch und wackelt mit deinem Sixpack vor mir herum. »Sie denkt, ich bin ein Weichei, weil sie mich auf die Matte geschickt hat. Aber guck mal, das ist harte Arbeit.«

Ich muss grinsen. »Ich weiß.«

»Fass mal an!«

»Nein, du Idiot, ich fass das nicht an. Hör jetzt auf mit dem Mist.«

Gespielt beleidigt streift er das Shirt wieder nach unten und widmet sich dem Grillgut. »Ich sag dir, du verpasst was. So eine Gelegenheit bietet sich nicht oft.«

»Woher willst du das denn wissen?«, provoziere ich ihn und genieße daraufhin seinen abschätzenden Blick.

Es tut gut, so unverfänglich mit ihm zu scherzen wie früher. Als wären die letzten Schuljahre und die Zeit danach nicht gewesen. So gerne würde ich das alles vergessen und von vorn anfangen, aber es geht nicht. Zu tief sitzt der Schmerz, an dem er nicht ganz unbeteiligt ist.

»Ich würde sagen«, meldet sich mein Vater zu Wort, »wir kosten jetzt mal den Whiskey. Siegfried? Das ist ein ganz edler Tropfen.«

»Da kann ich nicht Nein sagen«, antwortet Mikas Vater und holt ein paar Tumbler aus der Vitrine in der Sommerküche. »Anni, du auch?«

»Nein, für mich nicht, danke«, meint sie und sieht die beiden Männer beunruhigt an.

Klar, auch sie hat in den letzten Jahren mitbekommen, dass mein Vater mit dem Alkohol gern übertreibt. Und auch ihrem Mann tut er sicher nicht gut. Aber sie verkneift es sich, die beiden zurechtzuweisen.

»Ich nehm' einen«, mischt sich Jonah ein und hält meinem Vater ein Glas entgegen.

»Noch mal wegen gestern«, wende ich mich an Mika, sodass uns die anderen nicht hören, »es tut mir wirklich leid, dass ich dich getreten habe. Ich hab die Kontrolle verloren.«

»Schon okay, ich bin ja nicht aus Glas. Wenn du mal wieder jemanden zum Abreagieren brauchst, stehe ich gerne zur Verfügung.«

»Du musst nicht nett zu mir sein, weil du ein schlechtes Gewissen wegen früher hast.«

»Ich bin nett zu dir, weil du mir wichtig bist ... schon immer warst, auch wenn ich das zeitweise vernachlässigt habe. Und ja, ich bin auch nett, weil ich ein verdammt schlechtes Gewissen habe. Ist das so verwerflich?«

Das ist eine gute Frage. Im Prinzip zeigt er mir damit tatsächlich, dass ich ihm etwas bedeute. Oder nicht?

Ich zucke nur mit den Schultern.

»Und damit du mir irgendwann verzeihen kannst, habe ich außerdem gleich gestern mit meinem Kumpel Hannes gesprochen.« Er macht eine theatralische Pause, als ob ich diesen Kumpel kennen oder wissen müsste, wie ein Gespräch mit ihm mich in irgendeiner Weise tangieren sollte.

Als ich ihn nur wortlos anglotze, spricht er weiter: »Hannes arbeitet als Junior-Chef in der Unternehmensberatung seines Vaters.«

»Aha.«

»Sie sind gerade auf der Suche nach einer neuen Assistentin. Die Bezahlung ist gut. Das wäre doch etwas für dich, oder nicht?« Er hält mir ein zusammengefaltetes Stück Papier entgegen, das ich ihm zögerlich abnehme.

»Ähm ... na ja ... eigentlich würde ich ja lieber etwas mit Sport machen.«

»Aber mit deinem BWL-Studium klingt das doch perfekt. Sie setzen für die Stelle einen Abschluss voraus. Zumindest übergangsweise wäre das doch toll, bis du weißt, wie es beruflich weitergehen soll.«

Zu dumm, dass ich keinen Abschluss habe. Wie bringe ich das Mika bloß bei?

»Was sagst du?«

»Wen beraten die denn?«

»Hauptsächlich Banken. Sie leisten Hilfestellung bei der Umstrukturierung von Abteilungen und Prozessen, um die Kosten zu senken und Gewinne zu optimieren.«

»Klingt ja ... aufregend!«

Mika wirft mir einen mahnenden Blick zu. »Du musst es ja nicht machen. War nur ein Angebot.« Beleidigt wendet er noch einmal das Fleisch und sortiert die Bratwürste in eine Thermoschüssel.

»Entschuldige, Mika. Es ist unglaublich lieb von dir, dass du mit diesem Hannes geredet hast. Ich weiß eben selbst noch nicht, was ich eigentlich will.«

»Dann lass doch das Los entscheiden.«

»Wie meinst du das?«

»Wenn du selbst keine Ahnung hast, was du möchtest, brauchst du einen kompetenten Berater. Wir werfen eine Münze.«

»Ach, inwiefern ist eine Münze kompetent?«

»Zumindest kann sie besser Entscheidungen fällen als du. Hast du eine?«

Ich taste die Taschen meiner Jeans ab und erfühle tatsächlich den Holzchip, den ich immer zum Einkaufen nutze, ziehe ihn heraus und halte ihn Mika mit fragendem Blick entgegen. »Das Ding soll jetzt entscheiden, ob ich mich bewerbe oder nicht?«

»Richtig. Was ist das?« Er dreht die Holzmünze in der Hand.

Auf der einen Seite zeigt sie ein Herz, auf der anderen ein Kleeblatt – Liebe und Glück.

Mika hebt eine Augenbraue.

»Das ist ein Werbegeschenk zum Valentinstag im Studio gewesen. Guck nicht so!«

»Ich guck doch gar nicht. Okay, Kleeblatt: Du bewirbst dich. Herz: Du suchst weiter nach deiner Erfüllung.«

»Von mir aus. Jetzt wirf einfach das verdammte Ding.«

Mit dem Daumen schnipst Mika die Münze in die Luft, fängt sie wieder auf und klatscht sie auf seinen Handrücken. Als er keine Anstalten macht, das Ergebnis zu zeigen, rolle ich mit den Augen.

»Jetzt mach keinen Staatsakt draus. Lass sehen.«

Die Seite mit dem Kleeblatt liegt oben.

»Okay, ich kann es mir ja mal anschauen.«

»Warum nicht gleich so?«, murmelt er in seinen Dreitagebart, übergibt mir die Münze und nimmt wieder die Grillzange zur Hand.

»Wie weit seid ihr denn?«, fragt Jonah. »Ich habe Hunger!«

»Gleich fertig«, brüllt Mika zurück und prüft die Steaks. Offenbar sind sie gut, denn er stapelt auch sie nun in die Schüssel und schließt den Deckel.

»Danke«, flüstere ich noch, bevor wir zu den anderen an den Tisch zurückkehren.

Mika zwinkert mir mit einem sanften Lächeln zu, das mir einen wohligen Schauer über den Rücken jagt.

Seit wann hat er solch eine Wirkung auf mich? Ich will nicht, dass er Gefühle in mir auslöst. Er hat mich im einsamsten Moment meines Lebens alleingelassen. Das kann er nicht mit einem Jobangebot wiedergutmachen.

Siegfried und mein Vater prosten sich gerade erneut mit einem frisch gefüllten Glas Whiskey zu, was von Anni mit einer hochgezogenen Augenbraue begutachtet wird.

Sollte ich meinem Vater sagen, dass es danach genug ist? Oder reagiere ich über? Immerhin sitzen wir hier seit Jahren alle mal wieder - halbwegs - unbeschwert beisammen, da kann ich doch nicht die gute Stimmung kaputtmachen. Wer weiß, wie lange wir das noch können ...

Allerdings bleibt unsere Unterhaltung den ganzen Abend über oberflächlich. Haben wir damals über Themen gesprochen, die unsere Familien betreffen, reden wir jetzt über Politik, Autos und das Wetter. Keiner traut sich, die sensiblen Angelegenheiten zu diskutieren, obwohl diese bei uns für genug Gesprächsstoff sorgen würden. Stattdessen leeren mein Vater, Siegfried, Mika und Jonah den Whiskey und zahlreiche Bierflaschen in wenigen Stunden und lachen sich über jeden Mist kaputt, sogar über die Tatsache, dass ich mich die ganze Zeit an einem Glas Wasser festhalte. Einer muss ja schließlich den Überblick behalten, denn auch Anni hat es inzwischen aufgegeben, den Moralapostel zu spielen, und gießt sich gerade das vierte Glas Wein ein. Auch mir bietet sie eines an.

»Ach, komm schon, Lou, sei kein Spielverderber«, stichelt Mika leicht angesäuselt. »Wir haben uns so lange nicht gesehen. Trink einen mit uns.«

»Nein, danke! Ich trinke keinen Alkohol«, lehne ich schroff ab und sehe meinen Vater provokant an. Der merkt es allerdings nicht und kichert schon wieder mit Siegfried über irgendeine Belanglosigkeit.

»Sie möchte nichts, Mika«, springt Anni für mich in die Bresche. »Das ist doch völlig in Ordnung.« Dann wendet sie sich an die gesamte Runde. »Habt ihr Lust auf Activity? Das haben wir doch früher immer gemeinsam gespielt. Das macht sicher Spaß.«

»Ich glaube nicht, dass ich nach vier Whiskey noch so schön malen kann«, gibt Siegfried lachend zu bedenken.

»Du konntest noch nie schön malen«, entgegnet Jonah und grinst ebenso.

»Wenn Mama das spielen will, sollten wir ihr den Gefallen tun«, mischt sich Mika ein.

Marie und Jonah rollen mit den Augen, geben sich aber geschlagen.

Mir ist es völlig gleich, was wir machen, alles fühlt sich für mich falsch an. Ohne Mama ist es nicht wie früher, sie fehlt mir in jedem Augenblick.

Dennoch willige auch ich ein und lächle tapfer.

Wir bilden ein Frauen- und ein Männerteam, und obwohl uns die Herren zahlenmäßig überlegen sind, haben sie keine Chance gegen uns.

Zugegeben, das Spiel ist witzig. Vor allem, als mein Vater ein Männlein mit heruntergelassener Hose malt, aus dessen Hinterteil eine Wolke entfleucht, lachen sich alle schlapp. Er lässt es sich natürlich nicht nehmen, auch das Lümmelchen vorne dran zu malen, obwohl es den Rest seines Teams auf eine total falsche Fährte führt. Auf den Begriff ›Blähungen‹ kommt bis zum Ablauf der Zeit nämlich niemand.

Auch wenn durch das Spiel die Stimmung immer mehr steigt, lassen mich die Bilder von damals einfach nicht los. Wir saßen zu acht am Tisch und hatten gemeinsam Spaß. Selbst Marie war als Kleinkind dabei. Heute macht sie einen eher gelangweilten Eindruck, tippt ständig auf ihrem Handy herum. Das Verhalten meines Vaters wird mir von Minute zu Minute peinlicher, und auch Anni wirkt befangen.

Sie wirft mir immer wieder einen Seitenblick zu, ab und an verziehe ich die Mundwinkel zu einem verkrampften Lächeln, aber das nimmt sie mir natürlich nicht ab. Sie seufzt tief, sagt aber nichts.

Als mein Vater dann auch noch seinen Hosenstall öffnet, um das Wort ›Eiersalat‹ pantomimisch darzustellen, reicht es mir.

»Leute, seid mir nicht böse, aber ich verabschiede mich für heute. Ich bekomme gerade schlimme Kopfschmerzen und lege mich jetzt lieber hin.«

»Aber du hast doch gar nichts getrunken«, wirft Jonah ein.

»Das war auch nicht nötig«, erwidere ich bitter grinsend und stehe auf.

»Bleib doch noch ein bisschen«, bittet nun auch Mika.

Doch ich überhöre den allgemeinen Protest und verschwinde so schnell wie möglich aus Nachbars Garten, bevor ich mich noch in Grund und Boden schäme.

So kann das nicht weitergehen. Meine Familie und ich müssen dringend raus aus dieser Spirale. Wenn ich einen neuen, gut bezahlten Job finde, kann ich die Raten für das Haus begleichen und mein Vater muss sich weniger sorgen. Das motiviert ihn sicher auch, unser Leben wieder zu ordnen.

Kaum habe ich unseren Flur betreten, falte ich den Zettel, den mir Mika vorhin gegeben hat, auseinander und sehe ihn mir genauer an. Darauf sind die Stellenausschreibung und die Kontaktdaten von Mikas Kumpel zu lesen samt einer handschriftlichen Notiz, die mit einem Smiley versehen ist: ›Ich freue mich auf deine Bewerbungsunterlagen.‹

Okay, wir sind also schon beim Du. Und dieser Hannes erwartet meine Unterlagen. Wenn der wüsste, dass da der geforderte Studienabschluss fehlt. So ein Mist! Wo kriege ich den jetzt auf die Schnelle her?

Tatsächlich ist dieses Jobangebot die beste Gelegenheit, die ich im Moment bekommen kann, vor allem, wenn ich mir das Jahresgehalt ansehe. Das kann ich mir nicht entgehen lassen.

Schnell entledige ich mich meiner Turnschuhe, stürze in mein Zimmer und schalte den Computer ein.

Aber wonach soll ich eigentlich suchen? ›Wie kauft man einen Studienabschluss‹?

Ich erwische mich dabei, wie ich genau diese Frage im Suchfeld eingebe, finde allerdings nur Angebote zu Fernstudien und einen Artikel über die Gesetzwidrigkeit von gekauften akademischen Titeln. Mir ist schon klar, dass das illegal ist, nur hilft es mir nicht weiter. Ich will mir ja keinen Doktortitel anmaßen und ab morgen Leute operieren. Ich möchte, so wie es in der Aufgabenbeschreibung steht, Protokolle schreiben und Telefonanrufe entgegennehmen, wofür ich unnötigerweise einen Abschluss vorweisen soll. Sorry, aber das bekommt doch sicher jeder hin. Ein echter Absolvent wäre damit sicherlich unterfordert und würde garantiert nicht glücklich auf dieser Stelle. Ich tue den Studenten somit einen Gefallen, wenn ich mich bewerbe.

Zwar sehe ich mich schon wieder auf der Polizeistation sitzen, aber eine andere Möglichkeit habe ich momentan nicht. Ich brauche diesen Job.

Beim Gedanken an meine Festnahme fällt mir auch die Begegnung mit Paul wieder ein. Hatte er nicht behauptet, er hätte für jedes Problem eine Lösung? Vielleicht auch für meins?

Mit zittrigen Fingern krame ich mein Handy aus der Tasche und suche den Eintrag im Adressbuch. Eine gefühlte Ewigkeit starre ich Pauls Namen an, bis ich mich entschließe, den grünen Hörer zu drücken.

SECHS

Verschwörungen

Als es an der Haustür klingelt, schrecke ich hoch und schütte meinen Kaffee großzügig über den Küchentresen und meine rechte Hand.

»Scheiße«, stoße ich unwillkürlich aus und wische mir die Finger an einem Handtuch ab.

Erneut schallt die Klingel durch das Haus, und ich zische laut »Scht!«, als ob sie etwas dafürkönnte.

Genervt reiße ich die Tür auf.

Meine Tante Nina steht mit in die Hüfte gestemmten Händen auf der Schwelle und sieht mich mit einer Mischung aus Mitleid und Enttäuschung an.

»Was machst du denn hier?«, frage ich irritiert.

»So kann es nicht mit euch weitergehen.«

»Das sehe ich genauso ... aber ... was genau meinst du?«

Ohne dass ich es verhindern oder auch nur protestieren kann, drängt sich Nina an mir vorbei in den Flur und steuert die Küche an. Dabei sieht sie sich seufzend um. Am Küchentresen nimmt sie Platz, verschränkt die Finger ineinander und lässt den Blick über das Chaos schweifen.

Ich grinse entschuldigend. »Wir haben keinen Besuch erwartet.«

»Offensichtlich.«

Unschlüssig stehe ich vor ihr. »Was tust du hier, Nina?«

»Mir ein Bild machen, wie es bei euch so läuft. Ich war schon so lange nicht mehr da. Und ich hab so eine Ahnung, warum das so ist. Mir scheint, ihr ladet selten Besuch zu euch ein.«

Mein Schweigen deutet Nina als Zustimmung, womit sie durchaus richtig liegt, und nickt.

»Und mein Bruder geht immer noch selten aus dem Haus. Der Abend gestern bei den Winters war eine Ausnahme, richtig?«

»Warte, hat Anni dich angerufen?«

»Dazu darf ich mich nicht äußern«, scherzt Nina und steht wieder auf. Sie schlendert zur Spülmaschine, sieht hinein und macht sie wieder zu. »Sind euch die Tabs ausgegangen?«

Ich zucke mit den Schultern, kann sie nicht ansehen. Keine Ahnung, was Nina möchte. Mir unsere beschissene Situation unter die Nase reiben? Dass es nicht rund läuft, weiß ich selbst.

»Wie oft gehst *du* denn aus, Süße?«, fragt sie nun und setzt sich wieder zu mir an den Tresen.

Erneut antworte ich nicht auf ihre Frage, weil die Wahrheit einfach bitter ist. Ich bin dreiundzwanzig Jahre alt und gehe, außer um Sport zu treiben oder zum Arbeiten, kaum vor die Tür.

»Anni hat mit mir gesprochen«, gibt Nina schließlich zu. »Sie bekommt als Nachbarin ein bisschen was mit, Lou. Es ist verständlich, dass ihr es nicht leicht habt und es nie wieder so wird wie früher, aber so wie es jetzt läuft, kann es nicht weitergehen.«

»Und was genau meinst du?«

»Dass du das Hausmütterchen und den Ernährer der Familie gleichzeitig spielst. Sei mir nicht böse, aber ersteres scheint nicht wirklich zu klappen.«

Beschämt knete ich meine Finger. Mir ist es dermaßen peinlich, dass meine Tante mich so sieht. Nichts kriege ich wirklich hin.

Sofort legt sie ihre Hand auf meine. »Entschuldige. So habe ich das nicht gemeint. Ich weiß, dass du dein Bestes gibst. Es ist aber nicht deine Aufgabe, alles beisammenzuhalten. Es ist Aufgabe deines Vaters.«

»Er trauert!«

»Ach, und du wohl nicht?«

Wieder zucke ich mit den Schultern, obwohl sie natürlich genau ins Schwarze getroffen hat. Ich trauere! Ich leide! Schon so viele Jahre. Und ich habe keine Ahnung, wie es jemals besser werden sollte, wie ich mit dem Schmerz umgehen kann.

»Hör mal«, fängt Nina erneut an. »Ich weiß, ich kann mich nicht in euch hineinversetzen. Dein Vater hat seine Frau verloren, du deine Mutter. Sie war für euch beide wahrscheinlich der wichtigste Mensch im Leben. Jeder trauert auf seine Weise. Ich denke, das kann ich verstehen. Aber ihr macht euch doch selbst und gegenseitig kaputt. Das muss aufhören.

Ihr könnt trauern, ihr müsst es sogar, doch ihr müsst endlich lernen, mit dieser Trauer umzugehen.«

»Ich weiß nicht wie«, erwidere ich mit dünner Stimme. »Ich habe das Gefühl, es wird immer schlimmer statt besser. Alles bricht zusammen. Und je mehr schiefgeht, desto mehr glaube ich, dass ich es ohne Mama nicht schaffe.«

Nina legt einen Arm um meine Schultern und zieht mich zu sich heran. »Ach Schatz, es ist schwer, ich weiß. Aber du schaffst das. Ganz sicher. Wir müssen nur dafür sorgen, dass die äußeren Umstände geordnet sind. Dann kannst du dich auch wieder auf dich konzentrieren.«

»Wir?«

»Wenn du mich lässt, helfe ich euch. Ich könnte mir ein paar Tage freinehmen, im Haus ein bisschen Struktur schaffen und deinem Vater in den Hintern treten.«

So verlockend sich das auch anhört, aber ich kann doch nicht von meiner Tante verlangen, mein Leben in Ordnung zu bringen. Ich bin schließlich erwachsen. Ich sollte es doch wohl hinbekommen, einen Haushalt zu schmeißen und einer regelmäßigen Arbeit nachzugehen wie Millionen andere Menschen auf der Welt auch. Wenn Nina nun den ganzen Tag hier herumspringt, muss ich ihr beichten, dass ich meinen Job verloren habe – einen meiner drei Jobs, aber den, der am besten bezahlt wurde –, dass wir mit den Raten für das Haus im Rückstand sind, dass ich seit Monaten keine Fenster geputzt habe – kurzum: dass ich eine komplette Versagerin bin.

»Ich krieg das schon hin«, entgegne ich deshalb halbherzig und löse mich aus ihrem Griff. Darauf bedacht, sie nicht anzusehen, räume ich meine Kaffeetasse und das restliche Geschirr in den Spüler, fische den letzten Spültab aus der Packung und werfe das Gerät an.

Die Maschine setzt sich mit einem ohrenbetäubenden Gluckern in Gang, was Nina mit einem Seufzen quittiert. Sie spart sich allerdings den überflüssigen Kommentar.

Nach einem Blick auf die Uhr stelle ich fest, dass ich schon viel zu spät dran bin und ohnehin keine Zeit mehr zum Plaudern habe.

»Du, Nina, ich muss jetzt los. Ich bin mit einem Freund verabredet.«

Sie grinst. »Etwa mit Mika?«

»Nein! Nicht mit Mika. Wie kommst du darauf?«

Ihr Schulterzucken und die unschuldige Miene verraten mir, dass sie mit Anni offenbar nicht nur über meinen Vater gesprochen hat.

»Wie auch immer«, winke ich ab. »Marie und Papa schlafen noch. Du kannst sie wecken ... oder auch nicht ... Mach dir 'nen Kaffee ... was immer du willst. Sorry, bin weg.« Hektisch kralle ich meine Jacke, den Haustürschlüssel und meine Tasche und stürze aus dem Haus. Die Gefahr, dass Nina das ganze Ausmaß unseres unkonventionellen Lebensstils ohne meine Anwesenheit schneller begreift, ist natürlich hoch, aber wenn ich jetzt flüchte, ist es weniger peinlich für mich.

In Pauls muffigem WG-Zimmer drehe ich mich auf dem zweiten Schreibtischstuhl, der wohl noch aus seiner Grundschulzeit stammt, hin und her, während er die Kaffeemaschine in der Küche anfleht, ihren Dienst zu tun. Ich habe gerade genug Schwung für zwei komplette Drehungen geholt, als er mit der dampfenden Tasse das Zimmer betritt. Sofort setze ich die Füße auf dem Boden ab, stoppe abrupt meine Achterbahnfahrt und grinse Paul an.

»Sorry, hat etwas gedauert. Ich trinke sonst nur Tee und hab keine Ahnung, wie der Kaffeeautomat funktioniert.«

»Banause!«, erwidere ich und nehme ihm das Heißgetränk dankend ab. Es riecht herrlich.

Wie kann man keinen Kaffee mögen?

»So, du hast dich also für eine Lebensberatung im Hause Hofmann entschieden.« Er lässt sich in seinen Hightech-Schreibtischsessel plumpsen und verschränkt die Hände hinter dem Kopf.

Puh, das wird sicher anstrengend.

Ich ziehe wortlos eine Augenbraue nach oben und nippe an meinem Kaffee.

»Okay, sorry, wie kann ich dir helfen?«, beginnt er von vorn und nimmt eine etwas weniger machobehaftete Pose ein. »Ich freue mich, dass du angerufen hast.«

Seufzend stelle ich die Tasse ab und krame den Zettel von Mika aus meiner Tasche. »Wie gesagt, ich brauche Hilfe bei einer Bewerbung. Meinen Fitnessstudiojob habe ich verloren und nun brauche ich dringend eine neue Stelle, um die Raten für unser Haus zahlen zu können.«

»Oho, ein Haus«, echot Paul und pfeift.

Ich rolle mit den Augen. »Es ist keine Villa, sondern ein ziemlich heruntergekommenes, fast fünfzig Jahre altes Haus, das dringend renoviert werden müsste. Aber ohne Job kann ich mir weder das noch den Kredit leisten.«

»Weshalb kauft man denn mit Anfang zwanzig ein Haus?«

»Es ist das Haus meiner Familie. Aber mein Vater hat momentan auch keine Arbeit ... lange Geschichte.«

»Also, ich habe Zeit für dich.« Er stützt das Kinn in seine Handfläche und sieht mich erwartungsvoll an.

»Es ist keine Geschichte für einen netten Plausch. Das erzähle ich dir irgendwann mal.«

Die Fragezeichen, die sich hinter Pauls Stirn formen, kann ich deutlich sehen, aber ich will ihm jetzt keinesfalls mein Herz ausschütten und die tragische Familiengeschichte erzählen. Zum Glück fragt er nicht weiter nach.

»Okay, zeig mal her«, meint er und greift nach der Stellenausschreibung. »Du hast also schon ein Angebot und brauchst nun meine Hilfe für ...?« Er lässt den Satz unvollendet, da er sich verständlicherweise nicht sicher ist, warum ich gerade ihn, den ich eigentlich gar nicht kenne, um Hilfe bei der Ausarbeitung meiner Bewerbungsunterlagen bitte. Man sollte schließlich meinen, dass ich in der Lage bin, ein Anschreiben selbst zu formulieren. Oder dass es mir näherstehende Personen gibt, die mich dabei unterstützen könnten.

»Es wird ein Studienabschluss verlangt, den ich aber nicht habe«, rücke ich mit der Sprache heraus.

»Aha, wir kommen der Sache also näher. Ich soll dir einen Studienplatz besorgen.« Er grinst.

»Nein, du Horst! Dafür habe ich keine Zeit. Ich brauche nur den Abschluss.«

»Ich soll dich also in eine Prüfung reinschmuggeln?«

Gleich verliere ich die Geduld. Doch ich beherrsche mich.

»Schon gut«, lacht er nun. »Das böse Mädchen möchte ein Zeugnis von mir, richtig?«

Nervös verziehe ich den Mund, denn ich bin mir nicht mehr sicher, ob Paul wirklich der richtige Ansprechpartner für mich ist. Was ist, wenn er mich verpfeift?

»Das sollte kein Problem sein«, meint er stattdessen und zuckt mit den Schultern. »Du weißt aber, dass das illegal ist?«

»Das ist mir bewusst.«

»Ich meine ja nur, weil du darauf bestanden hast, dass ich keine Gesetze mehr breche.«

»Habe ich gar nicht. Ich bin doch nicht deine Mutter.«

»Zum Glück!«

»Sorry, ich will dich nicht in irgendwas hineinziehen ...«, besinne ich mich und will schon aufstehen, doch Paul legt eine Hand auf meinen Arm.

»Nein, geh nicht. Das war ein Spaß, ich helfe dir wirklich gern.« Er sieht mich ernst an.

»Ich mache solche Sachen ja sonst auch nicht ...«

»Außer stehlen ...«

»... aber ich würde dich nicht darum bitten, wenn es nicht wirklich wichtig wäre. Ich brauche diesen Job. So eine Chance bekomme ich sicher nicht so schnell noch einmal ...«

»Und, wenn ich mir das so ansehe«, unterbricht mich Paul erneut, »ist der Studienabschluss eigentlich gar nicht notwendig. Welcher Absolvent kocht schon gern den Kaffee für andere.«

»Eben ... Wo steht was von Kaffeekochen?« Ich reiße ihm den Zettel wieder aus der Hand.

»Das steht zwischen den Zeilen.«

»Aha.«

»Bist du dir wirklich sicher, dass das der richtige Job für dich ist? Das klingt alles ziemlich ...«

»... spießig? Ja, ein Freund hat den Kontakt hergestellt.«

»Mhm, ein Freund ...«

»Mein ehemaliger Nachbar Mika. Er hat es wirklich gut gemeint. Eigentlich ist es nicht die Richtung, in die ich gehen möchte, nur habe ich im Moment keine große Auswahl. Ich muss dringend Geld verdienen.«

»Wollen wir denn nicht mal gemeinsam schauen, ob wir etwas Passenderes finden?«

»Dafür habe ich keine Zeit. Das kann ewig dauern.«

»Nochmal: Ich helfe dir gern.«

»Hast du denn irgendwelche Connections?«

»Ähm ... na ja. Vielleicht ergibt sich ja etwas.«

»Das ist lieb gemeint, Paul, aber ehrlich, darauf kann ich mich leider momentan nicht verlassen. Ich bin verzweifelt!«

»Nun ja, okay, dann lass uns mal den Abschuss machen«, gibt sich Paul geschlagen, klatscht in die Hände und widmet sich seinem Computer. »Auf welche Uni würdest du denn gern gehen?«

»Völlig egal. Vielleicht keine in der Nähe.«

»In Ordnung. Heidelberg?«

»Von mir aus. Die ist groß. Da geht man in der Masse unter. Das ist gut.«

»Also, Heidelberg«, murmelt er konzentriert und tippt wild auf der Tastatur herum. »Wie möchtest du abschneiden?«

»Nicht zu gut und nicht zu schlecht.«

»Drei?«

»Nein, wer möchte denn schon eine Drei, wenn man es sich aussuchen kann. Eine gute Zwei sollte es am Ende sein. Was meinst du?«

»Klingt gut. Ich bastle dir alle nötigen Unterlagen zusammen. Muss vorher noch mit einem Kumpel telefonieren. Wir brauchen einen Stempel und das richtige Papier. Ich denke, ich habe das morgen fertig. Ist das okay?«

»Natürlich. Selbstverständlich. Das ist fantastisch. Ich danke dir, du rettest mir das Leben ...«

»Mach ich gern. Du kannst mir später danken.« Er zwinkert mir zu, und ich befürchte schon, ich muss in Naturalien bezahlen, doch dann fügt er schnell an: »Wir wollten ja sowieso zusammen Tee trinken gehen.«

»Ich bleibe lieber beim Kaffee«, erwidere ich und hebe meine Tasse.

»Glaub nicht, dass du so einfach aus der Nummer rauskommst. Ich bestehe auf mein Date.«

Solange es bei einem Date bleibt, soll es mir recht sein, obwohl mir im Moment überhaupt nicht der Sinn nach romantischen Verabredungen steht. So charmant und hilfsbereit Paul auch ist, er reißt mich nicht gerade vom Grundschuldrehstuhl.

»Du bekommst deinen Tee, keine Sorge«, beschwichtige ich ihn, denn immerhin brauche ich ihn noch.

»Wie wäre es mit heute Nachmittag?«

»Ich habe Schicht im Café, in dem ich arbeite.«

»Perfekt!«

»Nein, Paul. Ich muss dort Gäste bedienen und kann mich nicht mit einem von ihnen an einen Tisch setzen und quatschen. Sei mir nicht böse, aber wir müssen das verschieben.«

»Okay, okay, du hast ja recht. Sorry, ich wollte nicht schon wieder aufdringlich sein. Das klappt sicher ein anderes Mal. Du kannst ja Bescheid sagen, wann es bei dir klappt. Ich kenne ein total gemütliches Café, wenn du nicht dahin möchtest, wo du arbeitest. Oder wir gehen in ein Restaurant etwas essen.«

»Ja, das klingt ... nett. Ich sage dir Bescheid.« Ich lächle ihn aufmunternd an und trinke meinen Kaffee aus, um dieses seltsame Treffen langsam zu beenden. Wohl fühle ich mich bei der ganzen Sache nicht. Und was ich von Paul halten soll, kann ich auch noch nicht sagen. Seine Art ist erfrischend, dennoch bin ich skeptisch, ob wir auf derselben Wellenlänge sind, egal auf welcher Ebene.

Der Nachmittag im Café verläuft eher ruhig, was nicht gerade von Vorteil ist, denn ich grüble schon wieder viel zu sehr. Paul hält mich per WhatsApp ständig auf dem Laufenden, wie weit er mit meinen Unterlagen ist. Er hat schon das Papier besorgt und sein Kumpel kümmert sich um den Stempel. Keine Ahnung, wo er so etwas herbekommt, aber er legt sich ganz schön ins Zeug für mich.

Ob dieser Hannes mir das alles abkauft? Was ist, wenn das rauskommt? Dann kann ich mich ganz schnell wieder von diesem Job verabschieden. Und von Mika wahrscheinlich auch.

Als hätte er gerochen, an wen ich gerade denke, platzt Mika plötzlich zur Tür herein und sieht sich suchend um. Als er mich hinterm Tresen entdeckt, hellt sich sein Gesicht auf, und er schlendert auf mich zu.

»Marie hat mir verraten, wo du arbeitest. Ich habe dich gesucht.«

»Weshalb? Hatte das nicht Zeit bis später?«

»Ich soll warten, bis du mich wieder in dieses Karatestudio schleppst und misshandelst? Nee, nee! Ich treffe mich nur noch in der Öffentlichkeit mit dir.«

»Du bist ein Schwätzer! Geht's deinen Rippen besser?«

»Ein wenig.«

Ich verziehe das Gesicht, weil er mir mit seinem dämlichen theatralischen Getue immer noch ein schlechtes Gewissen macht. Klar übertreibt er, doch sein Ziel erreicht er allemal. Ich bemitleide ihn.

»Möchtest du etwas trinken?«, frage ich ihn ausweichend und zeige auf die Tafel hinter mir an der Wand, auf der die köstlichsten Kaffeekreationen aufgelistet sind.

»Hm, das hört sich ja alles lecker an. Ich denke, ich nehme ... einen Kaffee.«

Gelangweilt sehe ich ihn an. »Echt jetzt? Wir haben herrliche Spezialitäten.«

»Ja, ich nehme einen Kaffee.«

»Na, von mir aus«, seufze ich. »Einen Café Crème oder einen Cafè Americano?«

»Ähm ... keine Ahnung. Überrasch mich!«

Kopfschüttelnd werfe ich die Maschine an und bereite mir nebenbei einen Latte macchiato zu. Die Crema von Mikas Kaffee verziere ich mit etwas Kakaopulver und stelle ihm die Tasse auf den Tresen.

»Ich bin nur froh, dass du keinen Tee bestellt hast«, sage ich mehr zu mir selbst.

»Ich bin doch nicht krank«, erwidert Mika und rümpft die Nase.

»Weshalb wolltest du mich nun eigentlich sprechen?«

»Ach so, ich habe dir die Infos zum Klassentreffen mitgebracht.« Er zieht eine kleine pinke Karte aus der Gesäßtasche seiner Jeans. »Wurde mir persönlich überreicht. Ich bin sozusagen verpflichtet, dort aufzutauchen. Und du jetzt auch.«

Bevor ich mich an meinem Getränk verschlucken kann, setze ich es lieber wieder ab. »Ich habe doch gesagt, dass ich da nicht hin will!«

»Ja, aber wenn ich ganz lieb Bitte sage?«

»Warum ist es dir so wichtig, dass ich mitkomme?«

»Weil ich da auch nicht allein hin möchte. Ich hab doch auch kaum noch Kontakt zu irgendwem.«

»Ich denke, du wirst ganz schnell Anschluss finden.«

»Und du auch! Wir sind doch alle erwachsen geworden. Keiner wird dich schief angucken oder tuscheln.«

»Ignoriert werden mag ich aber auch nicht.«

»Ich bin doch bei dir. Wir werden mit den anderen plaudern, uns ein bisschen amüsieren, und wenn es öde wird, gehen wir wieder.«

Jetzt nippe ich doch an meinem Latte macchiato, bevor er kalt wird.

Dass wir alle tatsächlich mit dreiundzwanzig, vierundzwanzig erwachsen geworden sind, bezweifle ich stark. Und dass mich alle mit offenen Armen empfangen, ebenso. Die meisten werden mich sogar vergessen haben, weil ich in den letzten Schuljahren kaum aufgefallen bin. Was wiederrum von Vorteil sein kann. Vielleicht erinnert sich keiner mehr an dieses ruhige, verstörte Mädchen. Vielleicht kann ich noch mal neu anfangen.

Als wenn Mika in meinen Kopf sehen könnte, fährt er fort: »Komm schon. Du bist doch jetzt eine ganz andere. Du bist selbstbewusster, du bist stark, du bist eine Karatetrainerin. Wenn dir jemand doof kommt, haust du ihn einfach um.«

Nun entlockt er mir doch ein Lächeln. »Zeig schon her, die blöde Karte!«

Er schiebt mir das pinke Ding über den Tresen, auf dem Ort und Datum in netten Worten verpackt abgedruckt sind. Unterschrieben ist die Einladung von Sophie und Carla.

Ich schnaube verärgert.

»Was ist?«, fragt Mika nach.

»Sophie steckt hinter der Organisation?«

»Ja, und?«

»Dieses Jahrgangsprinzesschen war einer der Gründe, warum die Toilette zu meinem Lieblingsaufenthaltsort in der Schule geworden war. Sie war immer die Erste, wenn es darum ging, mit dem Finger auf mich zu zeigen. Sie hat sich über mich lustig gemacht, obwohl sie null Ahnung hatte, worum es eigentlich ging.«

Mika schluckt schwer.

»Ach ja, das ist sicher wieder etwas, das du nicht mitbekommen hast«, werfe ich ihm an den Kopf, was mir bereits im nächsten Moment leidtut. Er hat seine Abreibung ja schon bekommen. »Sorry! Ich wollte dich nicht schon wieder anmachen.«

»Zumindest verdrischst du mich nicht noch mal.«

»Entschuldige, Mika, aber ich habe wirklich keine Lust, zu einer Veranstaltung zu gehen, auf der *die* die Hauptrolle spielt.« Ich schiebe ihm die Karte wieder zurück über den Tresen. »Und sie wird sich unweigerlich in den Mittelpunkt stellen. Ich habe keine guten Erinnerungen an Sophie. Die möchte ich ein für alle Mal hinter mir lassen.«

»Vielleicht hat sie sich auch geändert.«

»Das mag sein. Aber ich gehe das Risiko nicht ein, alte Wunden wieder aufreißen zu lassen. Dafür habe ich zu hart an mir gearbeitet.«

»Na schön«, sagt er ehrlich enttäuscht. »Du hast ja noch ein wenig Zeit, es dir zu überlegen.«

Ich verziehe bedauernd den Mund, um ihm zu signalisieren, dass ich mich entschieden habe.

»Übrigens«, lenke ich nun ab, »ich habe die Bewerbungsunterlagen fast fertig und schicke sie deinem Kumpel bald.«

»Das ist gut.« Er lächelt zwar, aber es wirkt sehr bemüht.

Das schlechte Gewissen prügelt gleich doppelt auf mich ein. Er ist wegen des Klassentreffens enttäuscht, aber wenn er wissen würde, dass ich meine Bewerbung zusammenflunkere, wäre er sicher mehr als das. Ich hintergehe ihn und diesen Hannes.

»Nicht gut?«, fragt er jetzt. »Du schaust so verängstigt.«

»Was? Nein! Alles in Ordnung.«

»Du packst das schon. Ich lege noch ein gutes Wort für dich ein.« Sein ehrliches Lächeln ist zurückgekehrt, was mich allerdings nicht erleichtert. Im Gegenteil, es lässt meinen Hals enger werden und mein Herz rasen.

Was zum Teufel tue ich hier eigentlich?

SIEBEN

Schlimmer geht immer

Mitte der Woche kommt meine Tante Nina wieder, denke ich panisch und sehe mich um. Die Ordnung, die sie am Wochenende wenigstens in die Küche gebracht hat, ist dem üblichen Chaos gewichen, weil Marie heute zum Mittag wieder groß gekocht, aber alle Hilfsmittel stehen gelassen hat und gleich zu ihrer Freundin verschwunden ist. Besäße ich auch noch diese herrlich pubertäre Gleichgültigkeit, würde ich sicher ebenso regelmäßig die Flucht ergreifen. Marie ist ein Teenager, ich kann sie ja irgendwie verstehen.

Aber ich fühle mich eben für diese Familie verantwortlich, und es war mir extremst unangenehm, dass Nina uns und das Haus in diesem Zustand vorgefunden hat. Noch einmal wird mir das nicht passieren. Am Mittwoch wird die Bude glänzen, das habe ich mir fest vorgenommen. Zwar muss ich weiterhin im Fitnessstudio meinen belanglosen Dienst tun, aber ich nehme mir jetzt die Freiheit heraus, meine mühsam angesammelten Überstunden abzubummeln. Nach dem Frühdienst hatte ich sogar die

Zeit, meine fertigen Unterlagen bei Paul abzuholen und gleich bei meinem potentiellen neuen Arbeitgeber vorbeizubringen. Zum Glück waren der Chef und auch dieser Hannes gerade in einem Termin. In Sportklamotten hätte ich sicher keinen guten ersten Eindruck gemacht.

Nun stehe ich etwas hilflos in unserer Küche herum und weiß nicht, wo ich anfangen soll.

Die Wäsche, fällt mir als Erstes ein, *die braucht am längsten.*

Aus dem Badezimmer hole ich den Wäschekorb, beginne in meinem Zimmer, die getragenen Klamotten einzusammeln, finde auch in Maries Zimmer etliche Kleidungsstücke, die bisher nicht den Weg in den Wäschesammler gefunden haben, und klopfe im Anschluss an die Schlafzimmertür meines Vaters.

»Äh ... ja?«, höre ich von drinnen.

Ich trete ein und entdecke meinen Vater an der offenen Kommode, in der er nervös herumwühlt. Ich ahne, was er sucht, doch tue ganz unschuldig: »Kann ich dir helfen?«

»Nein ... ähm ... ich habe nur etwas verlegt. Nicht so wichtig.«

Aha, nicht so wichtig. So sieht er also unser Zuhause: als *nicht so wichtig.*

»Was gibt es denn?«, fragt er und schiebt die Schublade schnell wieder zu. Er wirkt angespannt, auf seiner Stirn haben sich Schweißperlen gebildet.

»Ich möchte Wäsche waschen, hast du noch welche für mich?« Als ich mich im Raum umblicke, erübrigt sich meine Frage. Wortlos werfe ich den

Klamottenhaufen neben dem Bett in den Korb und verlasse das Zimmer wieder.

Nachdem ich die Waschmaschine angeworfen habe, widme ich mich dem Spüler in der Küche, muss aber feststellen, dass sich die Spültabs nicht von allein aufgefüllt haben. So ein Mist! Muss ich jetzt etwa noch abwaschen? Alternativ könnte ich einkaufen gehen, doch das Auto springt ja seit Freitag nicht mehr an. Es ist schon lästig genug, zu meinen diversen Jobs mit den öffentlichen Verkehrsmitteln gondeln zu müssen, wenn man ansonsten gewöhnt ist, mit dem Auto zu fahren, aber einen Großeinkauf mag ich weder mit dem Bus noch mit dem Rad erledigen. Den Wagen reparieren zu lassen, kann ich mir momentan garantiert nicht leisten. Wer weiß, was da schon wieder kaputt ist.

Ich muss mir dringend eine Liste machen, was in den nächsten Tagen und Wochen zu erledigen ist.

Eine Sache davon will ich aber sofort hinter mich bringen: Das Gespräch mit der Bank. Das steht ohnehin für heute auf dem Plan. Am besten, ich hake das sofort ab.

Bevor ich mich also wieder aufs Küchenschlachtfeld begebe, rufe ich unseren Finanzberater an und vereinbare einen Aufschub der ausstehenden Raten. Zum Glück ist er sehr freundlich und hilfsbereit und gibt mir in keiner Sekunde das Gefühl, der letzte Asi zu sein. So komme ich mir nämlich mittlerweile vor. Arbeitslos, Chaoshaushalt, Schulden, die ich nicht bezahlen kann, kaputtes Auto und obendrein zwei Anzeigen wegen Diebstahl und Körperverletzung.

Gott, wenn ich mir das so geballt durch den Kopf gehen lasse, wird mir schlecht.

Dennoch müssen wir die verpassten Raten nun in kleinen Happen abstottern. Es wäre also nicht das Schlechteste, wenn es mit dem Job bei der Unternehmensberatung klappen sollte, sonst muss ich bald ein weiteres Gespräch mit der Bank führen – und das wird ganz sicher weit unangenehmer.

Zur Ablenkung wasche ich nun doch das schmutzige Geschirr ab und höre währenddessen, wie mein Vater ins Wohnzimmer schlurft und den Fernseher einschaltet. Kurz darauf zischt eine Flasche, als sie geöffnet wird, und ich rolle mit den Augen.

Noch mit nassen Händen gehe ich ins Wohnzimmer und beobachte meinen Vater einen Augenblick, wie er träge in die Kiste starrt und ab und an die Bierflasche an die Lippen setzt.

»Papa?«, mache ich zaghaft auf mich aufmerksam.

Er sieht zu mir rüber, fängt an zu lächeln. »Lou, du bist ja noch da. Ich dachte, du wärest weggegangen.«

»Wo sollte ich denn hingehen?«

»Keine Ahnung. Du arbeitest doch in diesem Fitnessstudio.«

»Dort war ich heute schon.«

»Ach so.« Sonderlich interessiert wirkt er nicht, denn er wendet sich wieder dem Fernseher zu.

»Du, Papa, in der Haushaltskasse ist kein Geld mehr. Warst du einkaufen?«

»Was? Ähm, ja ... ich habe ein bisschen was eingekauft.«

»Und was?«

»Ein paar Sachen eben!«

»Hm, das Getränkelager scheint voll zu sein. Aber der Kühlschrank ist leer. Und die Spülmaschinentabs hast du wahrscheinlich auch vergessen.«

Nun dreht er sich wieder zu mir, sein Blick ist nicht mehr so freundlich. »Das kann schon mal passieren. Hast du noch nie etwas vergessen?«

Diese dämliche Frage ignoriere ich und nehme noch einmal meinen Mut zusammen. »Komisch, den Kasten Bier hast du nicht vergessen.«

»Was willst du mir damit sagen?«

»Ich denke, das weißt du genau! Du verplemperst unser weniges Geld nur für Alkohol!«

»Mach dich nicht lächerlich«, poltert er los und springt auf. »Wie kannst du es wagen, mir so etwas zu unterstellen!«

Instinktiv weiche ich einen Schritt zurück, denn so habe ich meinen Vater noch nie erlebt. Ich habe ihn aber auch noch nie auf sein offensichtliches Problem angesprochen. Eher habe ich sein Trinkverhalten vor anderen und sogar vor mir selbst verteidigt. Aber damit ist nun Schluss.

»Ich unterstelle dir gar nichts, ich spreche nur Tatsachen aus!«, entgegne ich mit fester Stimme und werde immer lauter: »Wir sind pleite, im Rückstand mit den Kreditraten fürs Haus, das Auto ist kaputt, das Haus gleicht einem Saustall, ich habe meinen Job verloren und obendrein sind auch noch die Spülmaschinentabs alle!« Den letzten Teil schreie ich nur noch heraus und halte abrupt inne, als mein Vater seine Bierflasche gegen die Wand schleudert und nur knapp den Fernseher verfehlt.

Geschockt starre ich ihn an. Mein Herz setzt einen Schlag aus, bevor es wild zu pochen beginnt. Ich spüre, wie sich meine Lippen bewegen, aber es kommt kein Wort aus meinem Mund. Ich will meinen Vater beruhigen, doch ich habe zu viel Angst, dass das nächste Mal nicht nur die Bierflasche zu Bruch geht. Wie gelähmt halte ich inne und bete, dass uns jemand aus dieser Situation erlöst.

Er fährt sich durch die Haare, wirkt völlig neben sich.

»Verdammte Scheiße!«, brüllt er und verlässt wütend das Wohnzimmer in Richtung Hinterausgang.

Ich höre, wie die Tür ins Schloss fällt, stehe aber immer noch wie angewurzelt herum.

Die klebrige gelbe Flüssigkeit läuft die Tapete hinab und sammelt sich in einer Pfütze auf dem Parkett. Vom süßlich-herben Geruch wird mir übel. Noch mehr, als mir ohnehin schon ist.

Mit solch einer Reaktion habe ich nicht gerechnet. Das ging ja völlig in die Hose!

Als es an der Haustür läutet, erschrecke ich heftig und muss mir eine Träne von der Wange wischen, die sich aus meinem Augenwinkel gestohlen hat.

Insgeheim erwarte ich meinen reumütigen Vater auf der Schwelle, der sich heulend in meine Arme wirft, um Entschuldigung bittet und mir verspricht, dass alles wieder gut wird. Aber vor der Tür steht wieder einmal Mika, der mir zunächst entgegenlächelt, dann aber die Augenbrauen zusammenzieht. Offenbar spricht mein Gesicht Bände.

»Alles in Ordnung?«, fragt er sogleich nach.

»Ja ... ja, alles okay. Mich stresst das mit dem Job nur mehr, als ich gedacht habe.«

»Hast du geweint?«

»Was? Nein!« Wieder wische ich mir über die Augen und versuche den Schreck von eben wegzulächeln. »Ich habe gerade abgewaschen, weil unsere Tabs alle sind, und etwas Schaum ins Auge bekommen, weil ...«

»Aber Kaffee habt ihr noch?«

»Was?«

»Ich wollte mit dir einen Kaffee trinken.«

»Schon wieder?«

»Warum nicht? Du magst Kaffee, ich mag Kaffee ...«

»Schon gut. Von mir aus.« Der Kerl lässt ja ohnehin nicht locker. Was stimmt mit ihm eigentlich nicht? Warum besteht er ständig darauf, Zeit mit mir zu verbringen?

Er möchte schon wieder unser Haus entern, doch erneut halte ich ihn davon ab einzutreten. »Mika, sorry, wir ... leider ist uns der Kaffee ausgegangen. Ich muss erst einkaufen gehen. Können wir zu euch?«

Er zuckt mit den Schultern. »Okay.«

Schnell hole ich mir den Hausschlüssel, ignoriere den Geruch, der mir aus dem Wohnzimmer entgegenströmt, und ziehe die Tür hinter mir zu, bevor Mika noch etwas bemerkt.

»Ihr habt nicht mehr alle Latten am Zaun«, meint er plötzlich, als wir das Grundstück verlassen.

»Wie bitte?« Spinnt der?

»Dort«, er zeigt auf die Lücke im Vorgartenzaun, »da fehlen zwei Latten.«

Ich sehe ihn strafend an, er grinst breit.

»Soll ich euch das reparieren?«, fragt er und geht weiter.

»Nein, nächsten Monat soll der Zaun ohnehin erneuert werden«, lüge ich. »Es müssen auch noch einige andere Dinge gemacht werden.«

»Das habe ich gesehen.«

War mir klar. Das sieht jeder. Das Haus sieht neben den anderen in der Straße richtig heruntergekommen aus. Die Fassade müsste dringend ausgebessert werden, das Garagentor modernisiert. Bisher lässt es sich nur von Hand öffnen, während alle anderen längst moderne Rolltore haben. Die Gehwegplatten zum Hauseingang stammen noch aus den Siebzigern, sind krumm und schief verlegt.

Als meine Eltern das Haus damals gekauft hatten, wollten sie Vieles neu machen, sind aber nie dazu gekommen.

Mir ist es peinlich, dass unser Grundstück offensichtlich das schäbigste im Umkreis ist. Keiner spricht uns darauf an, aber ich könnte wetten, die Leute reden hinter vorgehaltener Hand.

Und nun will Mika den Schrott noch reparieren? Er kann aus Scheiße auch kein Gold machen.

»Ladys first«, sagt Mika und hält mir die Tür zu seinem Elternhaus auf.

Schon zum zweiten Mal innerhalb einer Woche besuche ich die Winters, öfter als im letzten halben Jahr.

»Wollen wir in den Garten?«, fragt er. »Wir sollten die letzten warmen Tage des Jahres noch genießen.«

»Wie du meinst.«

»Du kannst schon mal raus, ich hol uns einen Kaffee.«

Zögerlich betrete ich den Garten, ich bin allein. Ich frage mich, ob es einen bestimmten Grund gibt, warum Mika mit mir sprechen möchte. Für Small Talk habe ich nämlich eigentlich keine Zeit. Unwillkürlich muss ich an den unerledigten Abwasch und den Bierfleck an der Tapete im Wohnzimmer denken. Ich bezweifle, dass mein Vater das sauber macht.

Wo er wohl hin ist?

Die Konfrontation vorhin habe ich völlig vergeigt. Wie komme ich nur dazu, ihm das an den Kopf zu knallen? Er ist am Boden zerstört, und ich trete noch auf ihn ein.

»Dein Kaffee«, macht Mika auf sich aufmerksam, dennoch schrecke ich aus meinen Gedanken hoch.

»Danke«, sage ich und setze mich an den Tisch auf der Terrasse.

Nach einem kurzen Moment des Schweigens wird es mir zu blöd. »Also, warum trinke ich hier mit dir Kaffee?«

»Weil ihr keinen mehr habt.«

»Möchtest du mir etwas sagen?«

»Ach so, ja, ich wollte nicht gleich mit der Tür ins Haus fallen. Hannes hat deine Bewerbungsunterlagen bekommen und ist sehr angetan.«

»Ach wirklich?«

»Ja, du erfüllst alle Anforderungen.«

Paul hat ganze Arbeit geleistet. Das Zeugnis sah täuschend echt aus und auch der Rest der Unterlagen war perfekt aufbereitet. In seiner E-Mail hat er natürlich gleich nach unserem nächsten Treffen gefragt, das ich zum Glück auf nächste Woche hinauszögern konnte. Ich will ihn nicht vor den Kopf stoßen, schließlich hat er mir den Arsch gerettet.

»Er will dich auf jeden Fall persönlich kennenlernen«, fährt Mika fort.

»Wow ... das ist ... toll«, sage ich bemüht enthusiastisch.

»Etwa nicht? Es ist der nächste Schritt zur Einstellung. Ich weiß, dass es nicht dein Traumjob ist, aber wer weiß, vielleicht gefällt es dir ja so sehr, dass du bleiben möchtest.«

»Vielleicht ... ja ... ich freue mich auf jeden Fall. Ich brauche ja einen Job. Der Vorgartenzaun will ja auch irgendwie bezahlt werden«, flachse ich - mit einem Ernst, den nur ich verstehe.

»Eben! Mit Hannes als Chef hast du echt das große Los gezogen. Er ist ein toller Kerl und ist schon so gespannt auf dich. Ich habe dich auch in den höchsten Tönen gelobt.«

Oje, kann es noch schlimmer kommen? Mika preist mich als Hauptgewinn für den Job an, dabei bin ich die komplette Niete. Wie zum Teufel verkaufe ich mich dort so, dass keiner mitbekommt, wie ahnungslos ich eigentlich bin?

Angestrengt lächle ich Mika an und versuche mein Unbehagen zu verbergen. Ich kann nur hoffen, dass er meinen rasenden Puls und die feuchten Hände nicht bemerkt. Meine Nervosität überspiele ich mit einem besonderen Interesse an dem Kaffee in meiner Hand, nippe unentwegt daran.

»Keine Panik, das wird ein ganz lockeres Gespräch. Du musst nicht aufgeregt sein«, versucht er mich zu beruhigen.

Offenbar kann ich meine Anspannung nicht verstecken, aber zum Glück deutet Mika sie falsch.

»Ach, ich hab was gefunden«, meint er plötzlich, springt auf und flitzt ins Wohnzimmer.

Bis er zurückkommt, atme ich ein paarmal tief durch und versuche zur Ruhe zu kommen.

Wird schon nicht so schlimm werden. Was sollten die schon großartig wissen wollen, wenn ich tatsächlich nur für die Kaffeemaschine verantwortlich bin, wie Paul sagt. Und ein Protokoll zu führen, werde ich wohl auch noch hinbekommen.

Mika setzt sich wieder zu mir und legt ein Buch vor mir auf den Tisch. »Sieh mal, unser Jahrbuch.«

Ich seufze. Fängt er schon wieder mit diesem Thema an? »Was soll ich damit?«, frage ich und beachte es nicht weiter.

»Hab ich in meinem Zimmer gefunden.«

»Schön.«

»Möchtest du es dir ansehen?«

»Warum sollte ich?«

»Ich bin mir sicher, dass du dir die Seite sechsundfünfzig ansehen möchtest.« Er schiebt das Buch noch ein Stückchen näher zu mir und hebt erwartungsvoll die Augenbrauen.

Ich schnaube genervt. Der Kerl gibt einfach keine Ruhe. Wäre er doch früher so penetrant darin gewesen, Zeit mit mir verbringen zu wollen, mit mir zu quatschen, mir auf die Nerven zu gehen, mit mir Kaffee zu trinken ... für mich da zu sein.

»Zeig schon her!«, blaffe ich und schlage das Buch auf.

Auf der genannten Doppelseite lese ich die Überschrift ›Unsere schönsten Erinnerungen‹ und erkenne ein paar Schnappschüsse verschiedener Schüler. Wie sicherlich von Mika beabsichtigt, bleibt mein Blick an einem Bild hängen. Es zeigt ihn, wie er einen Arm um meine Schultern legt, und wir beide fröhlich lachen.

Das Foto ist vor dem Unfall entstanden, schießt es mir sofort durch den Kopf. Da waren wir noch Freunde gewesen. Sehr gute Freunde sogar. Mein Gott, ist das lange her.

Meine Kehle wird eng, ich muss schwer schlucken.

»Weißt du, wann das war?«, fragt Mika leise.

»Wir müssen elf oder zwölf gewesen sein«, hauche ich.

»Wir waren ganz genau ... zwölf.« Er sieht mich ernst an. »Wir hatten uns mit ein paar Freunden am See getroffen und uns zu dem umgefallenen Baum geschlichen, weil du mir unbedingt von diesem Tim erzählen wolltest, in den du damals verknallt warst. Meine Fresse, war ich eifersüchtig auf den Kerl.« Mika grinst verträumt in sich hinein. »Ich habe dir irgendwelche Geschichten über ihn erzählt, bis du ihn total abstoßend fandest und wir beide darüber

lachen konnten. Dabei ist das Selfie entstanden.«
Sein Gesichtsausdruck verändert sich, wird mitfühlend. »Es war das letzte Mal, dass ich dich so herzlich
habe lachen sehen ... zwei Tage vor dem Unfall.« Die
letzten Worte höre ich kaum noch, weil auch er sie
kaum aussprechen kann.

Meine Augen füllen sich mit Tränen. Er kann sich
noch genau an diesen Moment erinnern. Ich habe
ihn verdrängt. Die Zeit um Mamas Autounfall ist
für mich nur ein dunkler Albtraum, aus dem ich so
lange versucht habe aufzuwachen.

»Und du hast dieses Bild als eine deiner schönsten
Erinnerungen gewählt?«, gebe ich krächzend von mir.

»Ich wollte, dass du auch eine schöne Erinnerung
in unserem Jahrbuch hast.«

»Ich habe es mir nie angesehen, weil es für mich
nicht relevant war. Ich wusste nicht ...«

»Das ist mir später auch klargeworden.«

Sanft lächle ich Mika an. Also hatte er sich doch
an unsere Freundschaft erinnert, sogar noch im letzten Schuljahr. Und ich habe immer gedacht, er hatte
mich völlig vergessen.

Gedankenverloren blättere ich weiter, vor und
zurück, lese ein kurzes Interview mit dem Direktor,
lächle über das Urteil des damaligen Schülersprechers
über den letzten Schultag, sehe mir die Portraits meiner ehemaligen Mitschüler an und stocke erneut.

In Großbuchstaben steht ihr Name unter dem
Schwarz-Weiß-Bild: Sophie Feige!

Damals war sie blond, heute sind die Haare braun,
sie trägt einen akkuraten Pony und ... Uniform!

Schlagartig wird mir bewusst, warum mir die Polizistin so bekannt vorkam. Nicht, weil ich sie aus dem Studio kannte – dort hatte ich sie nie richtig wahrgenommen –, nein, sie war der Schrecken meiner Schulzeit!

Mit einem lauten Knall schlage ich das Buch zu und springe auf, sodass beinahe der Stuhl nach hinten fällt.

»Was ist passiert?«, fragt Mika, sichtlich überrascht von meinem plötzlichen Stimmungsumschwung.

»Diese blöde Kuh hat mir damals schon mein Leben versaut und heute wieder«, fauche ich.

»Ich verstehe nicht ... Welche blöde Kuh?«

»Diese Sophie! Die, von der du den kleinen pinken Liebesbrief hast!«

»Du meinst ... die Einladung zum Klassentreffen?«

»Genau die! Du hast noch mit ihr Kontakt?«

»Hin und wieder. Inwiefern hat sie dir heute dein Leben versaut?«

»Du hast recht, das verstehst du nicht. Du hast es damals nicht verstanden und heute auch nicht.«

Wütend stürme ich ins Wohnzimmer der Winters, durch den Flur hinaus auf die Straße und nach Hause in meinen noch immer andauernden Albtraum.

ACHT

Unverdienter Aufstieg

»Riecht es hier nach Bier?«, fragt Marie, als sie das Wohnzimmer betritt.

Ich knie gerade auf dem Fußboden und schrubbe an dem klebrigen Fleck auf dem Parkett herum.

»Ähm ... ja ... ich habe aus Versehen eine Flasche umgestoßen, da ist sie kaputt gegangen.«

Meine Schwester sieht mich skeptisch an. »Die ist aber weit geflogen. Pass auf, da liegt noch eine Glasscherbe.« Sie hockt sich zu mir und sammelt diese und noch zwei weitere auf.

»Mist, ich dachte, ich habe alle gefunden. Verletz dich nicht.«

»Ich bin kein Baby mehr, Lou. Schon lange nicht mehr.« Wieder fixiert sie mich, als warte sie darauf, dass ich ihr eine andere Erklärung liefere. Sie ahnt, dass ich lüge, weil ich wirklich schlecht darin bin. Doch sie sagt nichts.

Und ich verschweige ihr die Wahrheit. Es reicht, wenn ich mich über unseren Vater ärgere.

Im Augenwinkel beobachte ich, wie sie ihren Blick über die Tapete gleiten lässt, die ebenso von Papas Ausbruch zeugt. Ob ich die je wieder sauber kriege?

Ich hole einen neuen Schwamm und reibe vorsichtig über die Wand. Der Fleck wird durch die Feuchtigkeit immer größer, aber die Farbe verändert sich ein wenig. Vielleicht kann ich etwas retten.

Schweigend machen Marie und ich sauber, danach öffne ich die Terrassentür.

»Alles in Ordnung?«, fragt sie.

»Klar. Ich bin nur etwas nervös«, weiche ich aus. »Ich habe morgen ein Vorstellungsgespräch für einen neuen Job.«

»Oh! Was ist mit deinem alten?«

»Der bringt mich nicht weiter. Dort werde ich kündigen, wenn alles gut läuft.«

»Okay.« Marie lächelt erstaunt. »Na dann ... viel Glück.«

Wie gerne würde ich mich ihr anvertrauen. Wie gerne würde ich all meine Sorgen mit ihr teilen. Eigentlich hat sie ein Recht auf die Wahrheit um sie herum. Allerdings hat sie auch ein Recht auf eine unbeschwerte Jugend – so sorglos, wie ich sie ihr eben bieten kann. So sorglos, wie ich mit sechzehn nicht sein konnte. Was hätte ich dafür gegeben, ein fröhlicher und unbekümmerter Teenager zu sein. *Ich* konnte es nicht. Aber ich sorge dafür, dass Marie es kann.

Mit weichen Knien stehe ich vor der großen Villa, in der die Unternehmensberatung ihre Büros eingerichtet hat. Kein moderner Bürokomplex mit viel Glas und Stahl, sondern ein pompöses weißes Haus im klassizistischen Baustil. Allein die Säulen der Veranda flößen mir eine Menge Respekt ein. Das Gebäude steht inmitten eines gepflegten Grundstückes mit viel Rasenflächen und ein paar blühenden Rosenbüschen. Selbst der Kies in der Auffahrt scheint vom Feinsten zu sein. Offenbar lässt sich mit einer Unternehmensberatung viel Geld verdienen. Wie auch sonst könnten sie einer schnöden Assistentin so ein Jahresgehalt bieten.

Obwohl mir Mika versichert hat, dass Hannes ein lockerer Junior-Chef ist und es ein ungezwungenes Gespräch werden wird, bin ich so nervös wie selten in meinem Leben.

Höchstwahrscheinlich liegt es an den nicht ganz wahrheitsgetreuen Angaben bezüglich meines Studiums.

Mit rasant klopfendem Herzen betrete ich das Foyer, in dem der Empfang untergebracht ist. In der Mitte des Raumes hängt ein riesiger Kronleuchter von der Decke.

Ich straffe meine Schultern und steuere den Tresen rechts von mir an. Meine Pumps verursachen auf dem Marmorboden klappernde Geräusche. Das ist so ungewohnt, da ich sonst meist Turnschuhe trage. Auch der Bleistiftrock, die Bluse und der Blazer gehören nicht zu meiner üblichen Ausstattung. Ich fühle mich jetzt schon unwohl, und das Gespräch hat noch gar nicht begonnen.

»Hallo, mein Name ist Louisa Engel. Ich habe einen Termin mit Hannes Hohenstein.«

»Ah, Sie sind meine Nachfolgerin. Ich bin Marleen«, begrüßt mich die junge Frau, verlässt ihren Schreibtisch und hält mir die Hand entgegen. Ihr aufrichtiges Strahlen im Gesicht verrät nichts darüber, weshalb ich nun ihren Platz einnehmen soll. »Schön, Sie kennenzulernen. Hannes erwartet Sie bereits.«

»Freut mich«, sage ich schüchtern und schüttle ihr die Hand.

»Wir suchen schon lange einen Ersatz für mich«, verrät die hübsche Blondine, »aber es war bisher nicht die Richtige dabei.« Dann beugt sie sich zu mir, hält sich eine Hand neben den Mund und flüstert: »Wir waren uns über die Voraussetzungen nicht ganz einig. Ich bin ja der Meinung, dass man für diesen Job kein Studium benötigt – habe ich auch nicht. Aber die Chefetage besteht darauf, weiß Gott, warum.«

Meine Rede! Also werde ich das wohl auch hinbekommen.

»Und ... ähm ... darf ich fragen ... Warum gehen Sie?«, möchte ich wissen. Sie wirkt keineswegs so, als wäre sie darüber verärgert oder traurig.

»Sagen Sie es nicht weiter«, flüstert sie wieder, »aber ich suche eine neue Herausforderung. Die Arbeit hat Spaß gemacht und die Kollegen sind wirklich fantastisch, aber irgendwann ist es doch Zeit für etwas Neues.«

Das klingt, als wäre sie maßlos unterfordert auf dieser Position. Genau das Richtige für mich und mein Unwissen.

»Ja, irgendwann muss man sich weiterentwickeln«, pflichte ich ihr bei und entspanne mich langsam.

Das wird easy, da bin ich inzwischen so sicher wie Mika.

»Ich sage den Chefs Bescheid«, meint die Blondine nun, nimmt den Hörer ihres Telefons in die Hand und wählt eine kurze Nummer. »Frau Engel ist da. Soll ich sie reinschicken?« Sie nickt und legt auf. »Folgen Sie mir.«

Wir gehen einen Flur rechts neben dem Tresen nach hinten und machen vor einer Doppeltür Halt. Sie klopft an, öffnet die Tür und lässt mich eintreten.

»Viel Erfolg«, wünscht sie mir noch und ist schon wieder verschwunden.

Mit solch einer Versammlung habe ich allerdings nicht gerechnet. Vier Männer sitzen an einem großen Konferenztisch und sehen mich gespannt an. Sie lächeln freundlich, doch das beruhigt mich nicht. Im Gegenteil, ich spüre eine nahende Ohnmacht. Bisher war mir der Ernst meines Betrugs nicht bewusst, aber nun sehe ich vier seriöse Geschäftsmänner vor mir, Chefs und Mitarbeiter eines echten, erfolgreichen Unternehmens, die ich allesamt getäuscht habe. Das ist kein dummer Streich, das ist eine Straftat.

Ich könnte sie jetzt und hier aufklären und hoffen, dass sie mich nicht anzeigen. Ich könnte mein Gewissen reinwaschen.

Allerdings springt nun einer nach dem anderen auf, reicht mir die Hand und stellt sich mir vor.

»Setzen Sie sich doch«, bietet mir Hannes dann an, der in dieser Runde offenbar das Sie bevorzugt.

In seiner persönlichen Nachricht auf der Stellenausschreibung waren wir schon einen Schritt weiter.

Mein Verstand gehorcht mir nicht, lässt es zu, dass ich Platz nehme, die Klappe halte und dümmlich lächle.

»Bitte entschuldigen Sie unseren Überfall«, meldet sich der Senior-Chef Wolfgang Hohenstein, Hannes Vater, zu Wort. »Wir waren alle sehr gespannt. Der Freund meines Sohnes hat Sie in den höchsten Tönen gelobt.«

Fuck, was hat Mika mir hier eingebrockt!

»Und Ihr Lebenslauf ist tadellos«, schwärmt Herr Hohenstein weiter. »Sie haben ein Praktikum bei Fiedler gemacht?«

Hab ich? Vielleicht hätte ich mir die Unterlagen noch einmal ansehen sollen, bevor ich sie abgebe.

»Es war sehr interessant«, gebe ich mich neutral und hoffe, dass er nicht weiter nachhakt.

»Mit Fiedler Senior habe ich studiert«, plaudert er weiter und mir wird augenblicklich kalt. »Haben Sie ihn noch kennengelernt?«

»Nein, leider nicht.« Bitte, lieber Gott, lass das die richtige Antwort gewesen sein.

»Schade, aber er hat sich ja schon vor ein paar Jahren zur Ruhe gesetzt. Jetzt genießt er die Sonne Floridas, und ich hocke noch hier in Anzug und Krawatte«, sagt er und lacht herzlich.

So herzlich, dass mir mein schlechtes Gewissen eine schallende Ohrfeige verpasst.

Los, Lou, sag es ihm!

Ich kann nicht!

Noch ist es nicht zu spät.

Doch, ist es.

Ich würde ja nicht nur Herrn Hohenstein enttäuschen, sondern auch Hannes, Mika, Paul und meine Familie. Die Chance auf den Job wäre dahin, alle wären sauer, ich könnte unsere Schulden nicht abstottern. Es gibt kein Zurück mehr. Ich muss das jetzt so gut es geht durchziehen. Irgendwann in meinem Leben mache ich das wieder gut. Versprochen!

Wir führen die erste halbe Stunde nur Small Talk, und ich versuche, meinen beruflichen Werdegang außen vor zu lassen. Die Herren sind überaus freundlich, wenn auch ein wenig steif, was wohl die Branche, in der sie sich bewegen, so mit sich bringt.

Dann verabschieden sich der Chef, Hannes und der Junior Consultant vorerst von mir und lassen mich mit dem weiteren Berater allein. Er testet meine Englischkenntnisse, und zu meiner Überraschung versage ich nicht ganz und gar.

»In Ordnung«, sagt er schließlich, »aber vielleicht wäre eine Business-Englisch-Kurs sinnvoll. Es kann vorkommen, dass englischsprachige Kunden anrufen, und da sollten wir alle möglichst professionell auftreten.«

»Selbstverständlich, kein Problem«, stimme ich ihm zu.

Heißt das, dass sie trotzdem interessiert sind? Oder war das mein erster Strike? Die nächste Runde muss besser laufen, unbedingt!

Doch Herr Hohenstein senior löst seinen Kollegen ab, und fragt mich, welche Aufgaben ich bei diesem Fiedler übernommen habe. Ich fange erneut an zu schwitzen, aber eigentlich ist mir eiskalt. Das darf doch alles nicht wahr sein.

Im Grunde gehe ich die Punkte der Stellenausschreibung von Hohenstein Consulting durch und schmücke sie ein wenig aus, was der Chef zum Glück nicht bemerkt. Er nickt lediglich mit einem begeisterten Gesichtsausdruck und ich frage mich langsam ernsthaft, ob er weiß, was er hier tut.

Jedenfalls schicke ich ein Stoßgebet zum Himmel, als er sich schließlich verabschiedet und mich bittet, auf seinen Sohn zu warten.

Was kommt jetzt noch? Ein Intelligenztest? Ein Diktat? Die Abfrage meiner Erfahrungen mit verschiedenen Kaffeeautomaten?

Der Junior-Chef lässt sich Zeit, was mich nur nervöser werden lässt.

Überprüfen die jetzt meine Angaben? Na, dann gute Nacht. Wie konnte ich mich bloß auf so etwas einlassen?

Als ich gerade vor lauter Langeweile die Kommode am anderen Ende des Konferenzraumes geöffnet habe, ohne wirklich hineinzusehen, platzt Hannes herein und ich knalle erschrocken die Tür zu.

»Verdammt ... Entschuldigung ... Ich wollte nicht ...«, stammle ich und grinse verlegen. »Ich habe mich nur schon mal mit den Räumlichkeiten vertraut gemacht.«

»Das ist gut«, erwidert Hannes und setzt sich an die Stirnseite des Tisches.

Schnell nehme auch ich wieder Platz und versuche den peinlichen Moment wegzulächeln.

»Schließlich musst du ja wissen, wo die Kekse für die Sitzungen untergebracht sind.«

Aha, nun sind wir wieder beim Du.

»Okay«, sage ich gedehnt. »Heißt das ...?«

»Ich will nicht lange um den heißen Brei reden. Wir möchten dir gern eine Stelle anbieten.«

Mit großen Augen starre ich ihn an, die Botschaft ist noch nicht ganz durchgesickert. Hat er gerade gesagt, sie nehmen mich? Offenbar hat niemand irgendetwas geprüft.

»Aber«, fährt er theatralisch fort und mir rutscht mein Herz in die Hose. »Wir möchten dich nicht als Assistentin für den Empfang, sondern als meine persönliche Assistentin.«

»Und was bedeutet das?«

»Ich konnte meinen Vater überzeugen, dass du dein Studium und deine hervorragenden Praktika nicht fürs Kaffeekochen verschwendet haben sollst. Sein wir ehrlich, das bekommt jeder Affe hin. Nichts gegen Marleen. Sie ist ganz wunderbar. Aber als meine persönliche Assistentin nehme ich dich mit zu den Beratungen, du unterstützt mich bei der Ausarbeitung der Konzepte und lernst so etwas, um vielleicht später selbst als Consultant einzusteigen. Was sagst du dazu?«

»Ähm ...«, beginne ich geistreich und schlucke schwer.

Meine spontane Reaktion ist Übelkeit, allerdings ist das sicher nicht das, was Hannes erwartet hat.

»Wow ...«, mache ich nicht wirklich besser weiter.

Mensch, Louisa, konzentriere dich doch mal!

»Das ist ein fantastisches Angebot«, presse ich endlich heraus.

»Das Jahresgehalt fällt natürlich entsprechend höher aus.«

Meine Augen weiten sich immer mehr. Das kann ich unmöglich durchziehen.

»Marleen wird den Vertrag aufsetzen und dir zumailen. Und du kannst ein oder zwei Nächte darüber schlafen. In Ordnung?«

»Ich bin dabei«, platzt es aus mir heraus, ohne dass ich es verhindern kann. Ich lächle leicht debil, weil ich selbst vor meiner Unvernunft erschrecke.

Bin ich denn von allen guten Geistern verlassen? Ich habe von Tuten und Blasen keine Ahnung und lasse mich auf dieses Angebot ein, ohne darüber nachzudenken? Ich hatte mich für intelligenter gehalten.

»Das freut mich«, sagt Hannes begeistert. »Wollen wir dann gleich einen Termin zur Vertragsunterschrift machen? Du solltest dir den Vertrag dennoch vorher einmal durchlesen. Marleen schickt ihn dir nachher gleich, okay?«

»Großartig«, erwidere ich nicht weniger enthusiastisch und kralle die Fingernägel unter dem Tisch in meinen Bleistiftrock.

»Dann ... willkommen an Bord.« Hannes steht auf und reicht mir die Hand. Er sieht mich mit einer Mischung aus Vergnügen und Entzücken an, als hätte ich gerade eingewilligt, bei ihm einzuziehen.

Der soll sich bloß nicht zu früh freuen. Wenn das alles schiefgeht, wird er mir sicher persönlich einen Arschtritt verpassen.

Erst als ich das Grundstück verlassen habe, stoße ich gequält die Luft aus, als hätte ich die gesamte Zeit im Gebäude den Atem angehalten. Hatte mein Herz während des Gesprächs schon wild geklopft, legt es jetzt einen rekordverdächtigen Sprint hin. Mir fehlt Sauerstoff. Mit geschlossenen Augen und ein paar tiefen Atemzügen zwinge ich mich zur Ruhe. Das ist nicht die gewöhnliche Aufregung wegen eines Vorstellungsgesprächs - nein - es macht mich fertig, dass ich mich immer tiefer in die Nesseln setze, ohne rational etwas dagegen unternehmen zu können. Wir brauchen Geld, ich muss das tun. Aber richtig ist es deshalb noch lange nicht.

Ich habe jetzt dringend einen Ausgleich nötig. In den Sportclub zieht es mich allerdings nicht, weil ich dem Gespräch mit Henrik ausweichen möchte - zumindest bis ich ihm nicht mehr aus dem Weg gehen kann. Ich will meine Kids so lange trainieren, wie es geht. Ich will den Kurs nicht aufgeben. Keine Ahnung, wie weit Henrik mit der Organisation der Zusammenlegung schon ist, ich will es lieber nicht wissen.

Also eile ich nach Hause, ziehe mir meine Sportklamotten über und presche die Treppenstufen wieder so schnell nach unten, dass ich fast in meinen Vater hineinrenne.

»Nicht so hastig«, sagt er freundlich, als hätte er gestern keine Flasche an der Wand zerdeppert, weil er sich ertappt gefühlt hat und wütend auf mich war.

»Sorry, ich hab's eilig«, entgegne ich, ohne ihm in die Augen sehen zu können.

»Lou? Hör mal, mein Ausbruch von gestern tut mir leid. Ich ...« Er lacht unsicher auf und fährt sich mit der Hand über den Nacken. »Ich weiß nicht, was in mich gefahren ist.«

»Schon gut«, sage ich leise, mit dem Blick auf die Haustür gerichtet.

»Das kommt nicht wieder vor, versprochen ... Louisa?« Er sucht Augenkontakt.

Seufzend sehe ich ihn an und ringe mir ein Lächeln ab. »Ja, okay. Schon vergessen.«

Lüge! So schnell werde ich das mit Sicherheit nicht vergessen können. Man wirft doch nicht einfach mit Glasflaschen um sich und tut es als Belanglosigkeit ab. Er fühlte sich überrumpelt, ich habe ihn mit seinen Problemen konfrontiert, und er hat aggressiv reagiert. Jetzt ist er offenbar nüchtern, aber was ist, wenn er getrunken hat und ihm wieder etwas nicht passt?

Er räuspert sich. »Schön ... Das freut mich. Ich ... ähm ... habe Spülmaschinentabs eingekauft ... und noch ein paar andere Sachen.«

Ich hebe meine Augenbrauen.

»Kein Bier«, schiebt er schnell hinterher.

Mit schmalen Lippen nicke ich ihm zu und zeige zur Tür. »Ich muss los ... tut mir leid.«

»Ja, ja, mach nur. Ich will dich nicht aufhalten. Hab viel Spaß.«

Viel Spaß? In Sportklamotten? Er sagt es so, als ob ich zu einer Party will. So verunsichert habe ich meinen Vater selten erlebt.

Einen Einwand spare ich mir allerdings. Ich bin nur froh, endlich hier rauszukommen.

Eine halbe Stunde laufe ich mich warm, mache danach ein paar Sprints, um meinen Puls in die Höhe und die verwirrenden Gedanken aus meinem Hirn zu treiben. Den Rest gebe ich mir mit ein paar intensiven Kraftübungen auf dem nahegelegenen Platz mit Outdoor-Fitnessgeräten.

Ich kriege das schon irgendwie hin. Ein paar Dinge sind aus dem angefangenen Studium ja noch hängengeblieben und außerdem werde ich bei Hohenstein Consulting eine Stelle antreten, von der die Chefs wissen, dass ich sie noch nie in der Praxis besetzt habe. In den meisten Unternehmen fängt man bei null an, wenn man neu ist. Sie werden es also gar nicht merken, dass ich sie angeflunkert habe.

Mit etwas erleichtertem Herzen mache ich mich am frühen Abend auf den Heimweg und erwische mich dabei, wie ich pfeifend unser Grundstück betrete. Ich leere schnell den Briefkasten und sehe die Post durch.

»Scheiße«, entfährt es mir lautstark, als ich auf den Absender eines der Schreiben sehe.

»Was? Post von der Polizei?«, fragt jemand hinter mir und ich fahre erschrocken herum.

Mika grinst mich an, hat es offensichtlich nicht ernst gemeint. Wenn er wüsste, dass er damit den Nagel auf den Kopf getroffen hat.

Reflexartig lege ich einen Werbebrief über den Umschlag der Staatsanwaltschaft. Der Marktleiter hat mich also tatsächlich angezeigt! Und er hat keine Zeit verloren.

Mit einem strahlenden Lächeln überspiele ich meine Empörung. »Mika! Was kann ich für dich tun?«

»Ähm ...«, macht er irritiert. »Nichts? Warum solltest du etwas für mich tun?«

»Keine Ahnung.« Ich zucke mit den Schultern.

»Ich wollte fragen, wie dein Vorstellungsgespräch lief.«

»Oh! Gut. Sehr gut, denke ich.«

»Denkst du? Hat Hannes denn noch keine Tendenz geäußert?«

»Na ja, irgendwie schon. Ich soll einen anderen Job machen als den, der ausgeschrieben war.«

»Ist das ein Grund zum Feiern oder zum Frustsaufen?«

»Ich weiß nicht. Ich soll Hannes' persönliche Assistentin werden.«

»Wow, na dann ist das doch ein Grund zum Feiern«, meint Mika begeistert. »Herzlichen Glückwunsch.«

Inzwischen wirkt mein Lächeln sicher gequält, doch Mika bemerkt mein Unbehagen nicht, kommt auf mich zu und breitet die Arme aus. Wir stocken beide kurz, sehen uns für den Bruchteil einer Sekunde in die Augen.

Eine Stimme in mir weigert sich, den Körperkontakt zuzulassen, aber bevor ich weiter darüber nachdenken kann, hat Mika mich bereits in eine Umarmung gezogen.

Es tut so gut, wie sehr er sich für mich freut. Marie würde es mit einem Schulterzucken abtun, meinen Vater würde es nur oberflächlich interessieren.

Erfolgserlebnisse kann ich mit niemandem teilen. Wie sehr sehne ich mich danach, jemandem zu erzählen, was mich beschäftigt, was in meinem Leben vor sich geht und wie ich mich fühle. Wie sehr möchte ich mich einer Freundin anvertrauen - oder einem Freund -, sagen, was für Dummheiten ich gemacht habe und gemeinsam nach Lösungen suchen. Niemand schenkt mir wirklich Beachtung. Niemand schert sich darum, was ich tue oder nicht tue. Bis auf ... Mika.

NEUN

Bauchkribbeln

Viel zu schnell löst Mika sich von mir, dabei hätte ich noch Stunden einfach so in seinen Armen herumstehen, seinen herrlichen Duft einatmen und dem Klopfen seines Herzens zuhören können. Nun lächelt er mich an, seine Hände liegen noch auf meinen Oberarmen.

»Was ist los?«, fragt er.

Ich schüttle den Kopf. »Nichts. Ich freue mich nur ... dass du gefragt hast.«

»Na hör mal! Schließlich hab ich Hannes eine Menge zahlen müssen, damit er dich einlädt. Da will ich schon wissen, ob sich das gelohnt hat.« Er zwinkert mir schelmisch zu.

»Und wie hast du gezahlt? In Naturalien?«

Schulterzuckend vergrößert er den Abstand zwischen uns noch weiter. »Er ist nicht mein Typ.«

Ihn zu fragen, wer das denn sonst sei, verkneife ich mir, denn das könnte zweideutig rüberkommen. Obwohl ich es dennoch zu gerne wissen würde. Am liebsten würde ich ihn fragen, ob er eine Freundin hat.

Mir schießt die Erinnerung an unser letztes Gespräch durch den Kopf. Er hat hin und wieder Kontakt zu dieser Sophie – oder vielleicht doch mehr? Immerhin hat er eine persönliche Einladung erhalten ... auf pinkfarbenem Papier. Wahrscheinlich war das auch noch parfümiert. Für die Übergabe hat sie sicher ihren kürzesten Rock angezogen und sich mit ihrer Polizeimarke großgetan ... und ihrer Knarre.

Gott, ich fantasiere!

»Du, Mika, es tut mir leid, wie ich mich gestern aufgeführt habe und dass ich einfach verschwunden bin. Du wolltest nur nett sein und ich spiele die Diva.«

»Ich wollte nicht einfach nur nett sein und ... ist schon in Ordnung.«

»Was wolltest du dann?«

»Ich wollte ...« Er legt den Kopf schief. »Können wir vielleicht reingehen? Uns setzen? Etwas trinken. Und in Ruhe reden?«

Ich schiele zur Haustür. Dahinter herrscht noch immer Anarchie. Und der Biergeruch ist sicher auch hartnäckig.

»Ähm ... wir können uns doch hierhin setzen.« Ich zeige auf die wacklige Altherrenbank in unserem verwilderten Vorgarten. »Es ist noch so herrlich warm.« Zum Glück stimmt das und dient als hervorragende Ausrede.

»Klar, von mir aus«, willigt Mika ein.

»Ich hole uns etwas zum Trinken. Auf was hast du Lust?«

»Habt ihr ein Bier da?«

Moment, hat mein Vater nicht vorhin gesagt, er hätte keines gekauft?

»Bier haben wir nicht.«

Einen Augenblick meine ich Verwirrung in Mikas Gesicht zu erkennen.

Was soll das? Geht er etwa davon aus, dass wir immer Alkohol im Haus haben? Wegen meines Vaters? Was denkt der sich eigentlich?

»Was ist? Möchtest du nun etwas anderes?«, frage ich etwas zu schroff.

Ich beiße mir auf die Zunge.

Warum reagiere ich denn so empfindlich? Immerhin war *ich* diejenige, die meinen Vater für sein Einkaufsverhalten kritisiert hat.

»Öhm, vielleicht eine Cola?«, erkundigt sich Mika deutlich verunsichert. Er hat vermutlich keine Ahnung, warum ich so patzig bin.

»Okay, ich schaue mal nach«, erwidere ich sanfter und setze mich in Bewegung, während Mika sich auf der Bank niederlässt.

Im Wohnzimmer läuft der Fernseher, bestimmt hängt mein Vater wieder tatenlos auf der Couch herum. Ich spähe hinein, ohne auf mich aufmerksam zu machen, und kontrolliere mit einem Blick das Zimmer. Auf dem Couchtisch steht eine Flasche Wasser.

Gut.

Und nach Bier riecht es auch nicht mehr.

Noch besser.

Einwandfrei wäre es, wenn mein Vater vorm Computer sitzen und sich einen Job suchen würde! Aber man kann ja nicht alles haben.

Leise gehe ich die Treppe nach oben in mein Zimmer und lasse den Brief mit meiner Anzeige vorerst in der Schreibtischschublade verschwinden. Danach schäle ich mich flink aus meinen Sportklamotten und ziehe einen Jeansrock und ein Shirt über. Eigentlich hätte ich duschen müssen, aber ich will Mika nicht so lange warten lassen. Am Ende sucht er mich noch und stellt fest, dass ich absolut unfähig bin, einen Haushalt zu führen.

Im Grunde sollte es mir egal sein, was er von mir denkt, aber ... mir ist es nicht egal!

Im Keller inspiziere ich unseren Getränkevorrat und finde tatsächlich einen halben Kasten Cola, aus dem ich mir eine Flasche nehme. Beim Hinausgehen fällt mein Blick auf einen großen Karton, der hier im Raum gar nichts zu suchen hat, und sehe hinein. Als ich den Inhalt im Halbdunkel erkenne, fängt es erneut an, in mir zu brodeln.

Mein Vater hat einen Kasten Bier darin versteckt?

Denkt der, ich bin bescheuert? Glaubt er, ich würde es nicht merken, wenn er heimlich trinkt? Für wie blöd hält er mich eigentlich?

Ich schnappe mir zwei Flaschen und nehme mir vor, den Rest nachher zu entsorgen, wenn mein Vater im Bett ist. Schließlich muss ich ihm irgendwie helfen, davon loszukommen.

Wieder vorm Haus halte ich Mika das Bier unter die Nase. »Ich habe doch noch zwei Flaschen im Keller gefunden. Die andere ist im Kühlschrank, wenn du sie später möchtest.«

Er lächelt. »Das heißt, du schmeißt mich nicht direkt nach der ersten raus? Das ist ein guter Schritt.«

»In welche Richtung?«

»Dass wir mal ein normales Gespräch führen kön-nen, nicht nur drei Sätze wechseln und du dann wie-der irgendwohin musst.«

»Das kommt ganz darauf an, wie du dich be-nimmst.«

»Hey! Du bist diejenige, die handgreiflich wird, wenn die Emotionen mit dir durchgehen.«

Nachdenklich verziehe ich den Mund. Ich will nicht schon wieder an meinen Heulkrampf erinnert werden und sollte schleunigst das Thema wechseln.

»Also, was wolltest du?«, nehme ich den Faden von vorhin wieder auf.

»Ich wollte was?«

Natürlich hat Mika vergessen, worüber wir geredet haben, bevor ich ins Haus gegangen bin.

Er wollte nicht einfach nur nett sein, hat er vorhin ge-sagt, als ich auf das Jahrgangsbuch zu sprechen kam.

Was wollte er denn sonst? Mich aufmuntern? Mir sagen, dass ich nicht allein bin? Dass er mich ver-steht? Dass er mich gernhat? Mir zeigen, dass er mich mag?

Ich traue mich nicht weiter nachzufragen.

»Keine Ahnung«, erwidere ich deshalb beiläufig, setze mich neben ihn und schraube meine Wasser-flasche auf.

»Du hast dich umgezogen«, stellt Mika fest und zuppelt kurz an meinem Rock. »Nicht dass ich deine Sportklamotten nicht mag, aber das steht dir auch gut.« Er räuspert sich verlegen und nimmt einen gro-ßen Schluck aus seiner Flasche.

Meine Güte, ist das verkrampft. Wir sind doch nicht mehr zwölf! Es ist offensichtlich, dass Mika nicht einfach die beste Freundin wiederhaben möchte, die ich vor vielen Jahren einmal war. Er macht mir Komplimente, sucht ständig meine Nähe, erkundigt sich, wie es mir geht. Kann es sein, dass er mehr will?

Aber beste Freunde tun all das auch!

Was ist, wenn ... er doch nur wieder die Freundschaft aufleben lassen möchte?

Ich kann nicht verhindern, dass mir dieser Gedanke die Kehle eng werden lässt. Obwohl ich noch nie darüber nachgedacht habe, wie ich eigentlich zu Mika stehe. Bisher gab es ja auch wenig Anlass, denn er wohnt über zweihundert Kilometer weit weg und ist nur selten zu Besuch bei seinen Eltern. Noch nie war er nach seinem Umzug so lange hier. Allerdings befürchte ich zu wissen, warum er da ist.

Außerdem kann ich nicht leugnen, dass mich sein Verhalten von damals so sehr verletzt hat, dass ich noch immer daran zu knabbern habe.

»Sorry, ich wollte dich nicht in Verlegenheit bringen«, unterbricht er meine Überlegungen.

»Hast du nicht«, lüge ich voller Überzeugung.

»Ich meine ... ich finde es toll, dass du dein Ziel so konsequent verfolgst«, setzt Mika erneut an. »... was auch immer das ist. Etwas mit Sport, sagtest du, richtig?«

»Ja, ich möchte studieren - am liebsten in Köln. Die Sporthochschule ist die beste in ganz Deutschland. Und es wäre nicht weit weg. Ich könnte hier wohnen bleiben und ...« Ich zucke mit den Schultern.

Ob es tatsächlich das Beste ist, hierzubleiben? Vielleicht täte mir der Abstand zu meiner Familie und diesem Haus gut. Vielleicht wäre ein Ortswechsel gut für die Verarbeitung meiner Trauer.

Aber ich kann Marie nicht mit unserem Vater allein lassen. Sie ist ein Teenager und muss sich nicht auch noch mit seinen Problemen auseinandersetzen.

»Und was?«, hakt Mika nach, weil ich schon wieder in meine Gedanken vertieft bin.

»Mein Vater braucht mich. Ich kann nicht wegziehen.«

»Er ... hat es immer noch nicht verkraftet?«, fragt er zögerlich.

»Nicht wirklich, denke ich. Er ...« Ich presse die Lippen aufeinander. Beinahe hätte ich Mika gesagt, dass ich der Meinung bin, mein Vater trinkt zu viel, doch ich kann mich rechtzeitig stoppen. Bloßstellen will ich ihn nun auch wieder nicht. »Er wirkt oft verloren«, sage ich stattdessen.

Mika dreht die Bierflasche in seinen Händen, und ich spähe verstohlen zu ihm. Ahnt er womöglich etwas?

»Aber, du bist nicht für ihn verantwortlich. Oder für das, was er tut«, meint er und sieht mich nun direkt an.

»Er ist mein Vater!«, entgegne ich empört. »Wenn es ihm nicht gut geht, dann kümmere ich mich um ihn! Dir mag es vielleicht fremd sein, sich um jemanden zu sorgen, den man gernhat, aber ich lasse ihn nicht im Stich.«

Mikas Gesichtszüge entgleisen, und ich senke beschämt meinen Blick.

»Tut mir leid. Das war nicht so gemeint«, entschuldige ich mich kleinlaut.

Er atmet hörbar aus, muss die Kröte sicherlich erst mal schlucken. Wie kann ich ihm das an den Kopf werfen? Ich habe wieder nur an mich gedacht. Dass er meine verbale Geschmacklosigkeit auf seinen Vater bezieht, hätte mir eigentlich klar sein müssen.

»Schon okay. Mir tut es auch leid. Ich wollte damit nicht sagen, dass du ihn im Stich lassen sollst.«

»Ich weiß.«

»Du musst auch irgendwann an dich denken.«

»Du bist nicht der Erste, der mir das sagt.«

»Dieser Erste hat recht damit. Du kannst dich nicht immer nur um andere kümmern und dich dabei vergessen.«

»Ich weiß«, wiederhole ich.

»Wenn das Sportstudium dein Traum ist, halte daran fest.«

»Es ist alles nicht so einfach.«

»Was konkret?«

Verdutzt sehe ich Mika an. So direkt hat mir noch niemand diese Frage gestellt. Eine Antwort habe ich natürlich spontan nicht parat - zumindest keine, die ich laut aussprechen würde.

Deshalb hebe ich nur die Schultern und schweige.

»Kann ich dir denn irgendwie helfen?«

»Ich denke nicht.«

»Warum nicht?«

Ich richte meinen Blick wieder auf meine Finger, die das Papier von meiner Wasserflasche in kleinen Fetzen abrupfen. Bevor ich das Mehrwegsymbol eliminiere, halte ich inne. Mist, die muss ich ja wieder abgeben.

»Weil du ... sicher deine eigenen Probleme hast«, versuche ich mich herauszureden. Von unseren Finanzen muss er nichts wissen und von den Schwierigkeiten mit meinem Vater auch nicht.

»Jeder hat irgendwelche Probleme. Das heißt aber nicht, dass man für Freunde kein offenes Ohr mehr hat.« Er stellt seine Flasche auf den Boden neben der Bank, dreht sich zu mir und greift nach meiner rechten Hand, auf die ich nun starre. »Ich will nicht einfach wieder wegsehen. Ich bereue es zutiefst, dass ich damals nicht reif genug war, dir beizustehen. Mir ist nicht in den Sinn gekommen, dass das eigentlich richtig gewesen wäre, auch wenn du mich augenscheinlich weggestoßen hast. Ich habe es nicht kapiert, verstehst du?«

»Ja, irgendwie schon. Trotzdem ist es immer noch schwer für mich, dir das zu verzeihen.«

»Das ist mir bewusst. Aber vielleicht kannst du es irgendwann. Ich werde jedenfalls alles dafür tun.«

Endlich traue ich mich, ihm wieder in die Augen zu sehen. Sie haben einen so ernsten, offenen und ehrlichen Ausdruck, dass ich ihm am liebsten um den Hals fallen würde.

»Weißt du, ich bin nicht nur wegen des Klassentreffens in der Stadt.«

Ich nicke wissend, doch Mika deutet es nicht richtig. Er senkt den Blick auf unsere Hände, denkt aber nicht daran, meine loszulassen.

»Es ... geht um meinen Vater. Er ist ...«, druckst er herum. »Er ist krank.«

Ich lege auch meine andere Hand auf seine. Wir halten einander fest. »Ich weiß«, flüstere ich.

Nun sieht er mich fragend an. »Du weißt es? Aber mein Vater wollte doch nicht ...«

»Anni hat es mir erzählt. Deine Mutter hat jemanden gebraucht, der diese Angst um einen geliebten Menschen nachvollziehen kann.«

»Verstehe. Wann hat sie mit dir gesprochen?«

»Vor ein paar Wochen, kurz nach der Diagnose. Wir haben es keinem gesagt, weil dein Vater es nicht möchte. Seitdem haben wir aber nicht viel darüber geredet. Wie geht es ihm denn?«

»Sieht nicht gut aus«, erwidert er mit erstickter Stimme.

»Scheiße! Ich hatte gehofft ...«

»Ich auch. Meine Mutter hat die Hoffnung noch nicht aufgegeben, aber ...« Er stockt, kann nicht weitersprechen. Seinen Blick richtet er auf den alten Kirschbaum in unserem Vorgarten, lässt seine Hände aber in meinen liegen.

»Es tut mir so schrecklich leid«, hauche ich. »Ich weiß, wie es euch geht. Also ... nicht ganz, aber ich kann es nachvollziehen. Wenn ich irgendwas tun kann ...«

Mika lächelt schwach. »Eigentlich bin ich zu dir gekommen, um etwas für *dich* zu tun.«

»Du kannst aber nichts tun. Ich hab alles im Griff. Ehrlich. Dank des neuen Jobs geht es jetzt wieder bergauf. Den hast du mir schließlich besorgt. Du hast mir also schon geholfen.«

»Hab ich gern gemacht.«

Ich lächle ihn dankbar an und auch seine Mundwinkel heben sich wieder leicht.

Augenblicklich stolpert mein Herz über die eigenen Füße, und ich muss mich innerlich ermahnen, beim Anblick seiner schönen grünen Augen nicht wohlig aufzuseufzen.

In Anbetracht des Gesprächsthemas, das wir eben angeschnitten hatten, ist es absolut unangebracht, wie mein Körper plötzlich auf Mika reagiert. Vor ein paar Tagen war ich noch zutiefst verletzt, sogar wütend auf ihn. Aber jetzt empfinde ich keinerlei Zorn mehr, so sehr ich danach in meinem Inneren suche. Ich bin tatsächlich nicht mehr verärgert, ich möchte nur noch von vorn anfangen. Sein Blick zieht mich förmlich an, seine Lippen machen mich wahnsinnig. Dieses Lächeln, das Zuneigung zeigt, aber gleichzeitig voller Trauer ist. Die Sorge um seinen Vater erkenne ich in jedem seiner Gesichtszüge. Ich möchte ihm Trost spenden, so wie ich es mir seinerzeit von ihm gewünscht hätte. Natürlich hätte ich damals keinen schmerzlindernden Kuss erwartet, wahrscheinlich hätte ich ihn dafür bereits vermöbelt. Aber heute kommt mir diese Art des Trostes irgendwie richtig vor, und bevor ich wirklich darüber nachdenken kann, liegen meine Lippen schon auf seinen. Von dort zieht sich ein Kribbeln durch meinen ganzen Körper, und ein warmes Gefühl breitet sich in meinem Bauch aus.

Mika öffnet ganz leicht seine Lippen, erwidert meinen Kuss sachte. Doch nur einen Wimpernschlag später legt er seine Hände an meine Oberarme und schiebt mich sanft von sich. Seine Stirn lässt er an meine gelehnt, atmet schwer.

»Lou, das ist kein guter Zeitpunkt«, krächzt er, und mein Herz zerspringt in tausend Stücke.

Wie kann er mich schon wieder zurückweisen? Die ganze Zeit rennt er mir hinterher, macht Andeutungen, nutzt jede Gelegenheit zum Körperkontakt. Und jetzt stößt er mich weg? Will er tatsächlich nur Freundschaft? Ist er womöglich doch hinter Sophie her?

Ich bewege mich nicht, weil ich nicht möchte, dass er bemerkt, wie ich mit den Tränen kämpfe. Meinen stockenden Atem versuche ich krampfhaft unter Kontrolle zu bringen. Ich mache mich hier komplett zum Affen!

»Tut mir leid«, sage ich mit fester Stimme. »Ich wollte nicht aufdringlich sein. Ich meine ... ich will dich nicht in eine prekäre Lage bringen ... ich meine ...«

»Lou?«, unterbricht er mich und nimmt meinen Kopf zwischen seine Hände, sodass ich ihn nun doch ansehen muss.

Eine Falte bildet sich zwischen seinen Brauen, als er mir in die Augen blickt. Sicher schimmern sie feucht.

»Du bringst mich in keine prekäre Lage«, entgegnet er schließlich. »Warum auch? Ich möchte nur die Situation nicht ausnutzen ... dein Mitleid ...«

»Ich habe dich doch nicht aus Mitleid ...«

»Ach, scheiß drauf!«, stößt er aus und presst seine Lippen auf meine, zunächst ungestüm, dann entspannt er sich, und sein Kuss wird sanfter, fast zart. Er zieht mich an sich, eine Hand an meiner Taille, die andere in meinen Haaren vergraben.

Ich spüre, wie sich mein Herz in Windeseile wieder zusammensetzt, um dann kräftig das Blut durch meine Adern zu pumpen. Nur im Kopf kommt es scheinbar nicht an, denn mir wird ganz schummrig. Das könnte allerdings auch an Mikas Hand liegen, die von meiner Taille zu meinem Hintern wandert. Oder an seiner Zunge, die meine Lippen kitzelt.

Mika rückt noch näher und gibt ein leises Seufzen von sich, bevor wir ein dumpfes Geräusch hören und erschrocken auseinanderfahren.

»Was war das?«, fragt Mika leise und blickt sich suchend um.

»Hörte sich an wie die Tonschale, die ich dort hinten als Vogeltränke aufgestellt habe.«

Wir spähen in Richtung der Büsche, erkennen aber nichts in der Dämmerung.

»Vielleicht will uns jemand sagen, dass das keine gute Idee ist«, sage ich mit gesenktem Kopf und rücke etwas von Mika ab.

»So ein Blödsinn. Hat es dir etwa nicht ... gefallen?«

»Nein ... ich meine, doch ...«, entgegne ich schnell. »Möglicherweise hast du recht, und es ist wirklich nicht der richtige Zeitpunkt.«

Was rede ich denn da? Ist es nicht genau das, was ich eben noch wollte?

»Also, ich habe den Wassertrog nicht über den Gehweg geschoben«, wehrt Mika ab. »Vielleicht war das eine Katze.«

»Du weißt, was ich meine. Ich bin mir nicht sicher, ob ich schon so weit bin.«

»Mir zu vergeben?«

»Ja.«

»Okay, Vorschlag: Wir schalten einen Gang zurück. Am Samstag ist doch das Klassentreffen. Wir könnten gemeinsam dorthin und danach etwas essen gehen und ...«

»Stopp! Ich habe nie gesagt, dass ich hingehe.«

»Das stimmt nicht so ganz. Du hast dich nur wieder umentschieden.«

»Weil ich dieser Sophie nicht begegnen will! Sie hat ...« Ich breche ab.

»Sie hat was?«, will Mika natürlich wissen.

Ich könnte mich ohrfeigen.

»Ach nichts.«

»Was hat sie getan? Du hast gestern gesagt, sie hätte schon wieder dein Leben versaut. Inwiefern? Was ist passiert?«

»Nichts. Wirklich! Ich dachte nur ...« Ich atme tief ein und aus, da ich abwägen muss, was peinlicher für mich ist - die Anzeige oder meine Befürchtung, Mika hätte mit Sophie eine Beziehung. »Ich dachte, ihr zwei ... hättet ... was zusammen.«

Keine Ahnung, ob das eine kluge Entscheidung ist, aber die Beichte über meine blamablen Einkaufsgewohnheiten und ihre Folgen kommt mir einfach nicht über die Lippen.

»Sophie und ich? So ein Quatsch. Das ist ... lächerlich.«

Ich sehe ihn skeptisch an.

»Ehrlich! Ich meine, wir haben uns damals ganz gut verstanden. Aber da war mir auch nicht bewusst, wie sie sich dir gegenüber verhalten hat. Ich schwöre dir, sollte sie dir beim Klassentreffen irgendwie blöd kommen, dann wasche ich ihr den Kopf. Wobei – eigentlich bist du doch hier diejenige mit dem gemeingefährlichen Kung-Fu-Tritt.«

»Karate«, korrigiere ich ihn wie schon meine Schwester.

»Wie auch immer. Lass dir doch von der nicht den Spaß verderben.«

»Spaß?« Ich hebe eine Augenbraue. Ich versinke im Boden, wenn ich ihr begegne. Sie hat mich beim Durchwühlen einer Mülltonne festgenommen. Eine größere Blamage wird es wohl kaum geben. Und ich traue ihr zu, dass sie mich vorm gesamten Jahrgang bloßstellt.

»Komm schon. Ich pass auf dich auf«, verspricht er mir und setzt einen Hundeblick auf.

»Ich weiß nicht.«

»Ha! Du hast wieder Schwierigkeiten, dich zu entscheiden. Die Münze hat dir das letzte Mal Glück gebracht. Du solltest sie wieder werfen.«

»Echt jetzt? Ich soll mein Leben von einem Holzchip abhängig machen?«

»Ich würde zwar nicht behaupten, dass es bei dieser Entscheidung um dein Leben geht, aber besser, als wenn du gar nichts machst, oder?«

Wenn du dich da mal nicht täuschst, mein Lieber.

»Los, hol das Teil. Wenn ich verliere, lass ich dich ein für alle Mal in Ruhe damit.«

Das wäre zu schön. Viel lieber würde ich einfach nur mit ihm essen gehen. Wir sollten von vorn anfangen, uns wieder kennenlernen, uns wieder vertrauen lernen. Stattdessen schleppt er mich zu solch einer überflüssigen Veranstaltung, die alles nur noch schlimmer machen könnte. Oder vielleicht auch nicht. Dann wird es eben der blöde Chip entscheiden.

Seufzend stehe ich auf, langsam und behäbig, in der Hoffnung, dass Mika die Lust verliert. Aber er sieht mir nur aufmunternd hinterher, bis ich die Haustür passiert habe. Ich krame die doofe Münze aus meiner Jackentasche, gehe wieder hinaus und drücke Mika das Ding in die Hand. Um mein Missfallen auszudrücken, ziehe ich eine Schnute und starre ihn an.

»Kleeblatt: Du kommst mit. Herz: Du tust, was du möchtest.«

»Du meinst wohl, Herz: Ich komme *nicht* mit.«

Er grinst. »Ich möchte keine Möglichkeit ausschließen.«

Ich rolle mit den Augen. »Dann mach jetzt!«

Wieder schnipst er die Münze in die Höhe, fängt sie auf und platziert sie verdeckt auf dem Handrücken seiner linken Hand.

Genervt stöhne ich auf, weil er es erneut in die Länge zieht.

Ganz langsam deckt er die obere Seite der Münze auf, und ich lasse geschlagen den Kopf hängen.

Kleeblatt.

War ja klar.

Diese dämliche Münze ist Schrott. Die macht nie, was ich will. Ich könnte Mika auch gleich alle Entscheidungen für mich treffen lassen. Käme auf dasselbe hinaus. Alternativ könnte natürlich ich die Entscheidung treffen. Warum mache ich das eigentlich nicht? Was stimmt denn nicht mit mir?

»Dann haben wir wohl ein Date«, sagt Mika sanft, von Triumph keine Spur. Er scheint sich ehrlich zu freuen, etwas mit mir zu unternehmen.

Eine gemeinsame Trainingseinheit hätte mir zwar besser gefallen, aber ich habe es ihm versprochen – irgendwie. Na ja, eigentlich hat er mich mal wieder zu diesem Münzwurf genötigt, aber ich beschließe, das jetzt einfach zu akzeptieren.

Wird schon nicht so schlimm werden.

Als er mir den Holzchip zurückgeben will, lehne ich kopfschüttelnd ab. »Danke, kannst du behalten. Scheint mir sowieso kein Glück zu bringen.«

»Hey, ich verspreche dir, keiner wird dich auch nur doof ansehen, wenn wir dort gemeinsam aufkreuzen.«

»Du meinst wohl, es hat Vorteile, wenn ich den Jahrgangsliebling an meiner Seite habe?«

»Aber selbstverständlich«, feixt er. »Und übrigens, ich fühle mich sehr geschmeichelt, dass du dachtest, Sophie hätte dir dein Leben zerstört, weil wir angeblich eine Beziehung führen.«

Ich schließe die Augen und presse die Lippen aufeinander. Natürlich kann er meine Aussage nicht einfach so hinnehmen und muss stattdessen darauf herumreiten. Als wäre das alles nicht schon unangenehm genug. Aber besser, als ihm die ganze Wahrheit zu beichten. Dann müsste ich mich leider bis an mein Lebensende im Keller verkriechen.

Mika lacht auf und zieht mich in seine Arme. Sofort fällt die Anspannung von mir ab und ich merke, wie müde ich bin. Zum Glück habe ich morgen erst um zehn Uhr Schicht im Café.

ZEHN

Lichtblicke

Verschlafen öffne ich die Tür und gähne meiner Tante entgegen. »Nina?«

»So nennt man mich.«

»Du bist früh dran. Wolltest du nicht erst heute Abend kommen?«

»Ich konnte im Büro alles schneller klären als gedacht. Also, hier bin ich.« Sie drängelt sich an mir vorbei und stellt ihre kleine Reisetasche im Flur ab.

Ihr prüfender Blick ins Haus entgeht mir nicht, obwohl sie es zu überspielen versucht. »Hier, ich habe uns Kaffee mitgebracht.« Sie reicht mir einen Becher to go und setzt ihren eigenen an die Lippen.

»Danke«, sage ich kleinlaut, denn Nina hat richtig vermutet, dass wir keinen Kaffee im Haus haben. »Ich bin überhaupt noch nicht vorbereitet. Ich habe nachher eine Vier-Stunden-Schicht im Café und wollte danach einkaufen gehen und hier noch etwas aufräumen.«

»Dafür bin ich doch jetzt da.«

»Noch mal, Nina, ich möchte nicht, dass du unser Chaos beseitigst.«

»Warum hast du mich dann herbestellt?«, fragt sie beiläufig und schlendert Richtung Küche, während sie in die Gästetoilette und ins Wohnzimmer späht.

»Das habe ich nicht. Ich habe dir mehrmals gesagt, dass ich das allein hinkriege.«

»Hm, das sehe ich.«

Ich blicke beschämt zu Boden.

»Oh nein!« Nina umfasst meine Schultern. »Entschuldige. Jetzt habe ich dich schon wieder kritisiert. Das wollte ich nicht. Ich weiß, dass du dir so viel Mühe gibst. Aber du *kannst* das nicht alles allein schaffen ... Riecht es hier nach Bier?«

Meine Augen werden groß. Das ist mir gar nicht mehr aufgefallen. Ist der Geruch immer noch nicht weg?

»Ähm, ja, ich habe ... etwas verschüttet, als ich eine Flasche weggeräumt habe.«

»Du bist eine ganz schlechte Lügnerin, Louisa Engel!« Sie packt mich am Oberarm, bugsiert mich zum Esstisch und drückt mich auf einen der Stühle. »Sind wir allein?«

»Marie ist schon in der Schule und Papa schläft sicher noch.«

»Okay.« Sie schließt die Küchentür und schaltet das Radio ein. Dann setzt sie sich zu mir an den Tisch. »Was war los?«

»Es ist nicht der Rede wert«, versuche ich abzuwiegeln, wobei mir eigentlich bewusst ist, dass ich bei Nina damit an der falschen Adresse bin. Zeit, Klartext zu reden.

Ihre hochgezogene Augenbraue bestätigt mir, dass sie keine Ausreden mehr hören möchte.

»Gut, Papa und ich hatten Streit, und da ist ihm die Bierflasche runtergefallen«, versuche ich die Situation von Anfang der Woche zu entschärfen.

»Runtergefallen? Wie passiert das denn in einem Streit? Hat er etwa damit um sich geworfen, oder was?«

Ertappt beiße ich mir auf die Unterlippe und verziehe das Gesicht.

Ninas Augen weiten sich. »Das war eigentlich bloß ein Scherz. Er hat ... tatsächlich eine Bierflasche geworfen? Nach dir?«

»Ich glaube nicht, dass er mich treffen wollte. Hat er auch nicht«, beschwichtige ich, aber das ist wohl zu spät.

»Mein Gott, was ist los bei euch? Wie konnte mir entgehen, dass es so schlimm ist?«

Ich zucke mit den Schultern. »Du siehst es ja nicht täglich. Und ich gehe damit sicher nicht hausieren.«

»Ich bin Peters Schwester. Du musst es mir sagen, wenn er so die Kontrolle verliert. Ich fühle mich verantwortlich. Verstehst du? Ich kann doch nicht zulassen, dass er so mit seinen Kindern umgeht.«

Meine Augen füllen sich schon wieder mit Tränen, und meine Stimme ist wacklig. »Es war auch noch nie so schlimm. Ich habe das Gefühl, dass ihm sein Leben Tag für Tag mehr entgleitet. Und ich weiß nicht, wie ich ihm helfen kann. Ich wollte ihn damit konfrontieren, ich wollte, dass er einsieht, dass der Alkohol schlecht für ihn und unsere Familie ist.«

Sie legt ihre Hände auf meine, sieht mich betroffen an. »Was hast du denn zu ihm gesagt?«

»Ich habe ihn angebrüllt, dass er nicht unser ganzes Geld in Bier investieren soll, dass wir so viele Probleme dadurch haben ...«

Nina stößt gedehnt die Luft aus, faltet ihre Hände und stützt ihr Kinn darauf ab. Geduldig warte ich, bis sie ihre Gedanken geordnet hat.

»Nennen wir das Kind beim Namen: Dein Vater ist alkoholkrank. Er hat sich nicht unter Kontrolle. Du kannst ihn nicht einfach so zwischen Tür und Angel damit konfrontieren und ihm Vorwürfe machen. Klar, dass das nach hinten losgeht.«

»Ach, jetzt bin *ich* also schuld?«

»Süße, *dir* mache ich doch keine Vorwürfe! Um Gottes willen! Ich will dich nur beschützen und dir sagen, dass du so nicht mit ihm sprechen kannst. Nicht allein. Das ist zu riskant. Du bist kein Experte. Und ich auch nicht. Wir müssen externe Hilfe holen. Allein schaffen wir das nicht. Aber vorher müssen wir mit deinem Vater in Ruhe sprechen. Er muss selbst einsehen, dass er ein Problem hat. Wir können ihm nur unsere Hilfe anbieten.«

»Das habe ich doch schon versucht!«

»Hast du das wirklich?« Sie blickt mir eindringlich in die Augen und muss nicht weiter nachfragen.

Nein, ich habe es nicht wirklich versucht. Ich habe ihm tatsächlich nur Vorhaltungen gemacht und bin selbst emotional geworden.

Ich atme tief ein und aus. »Okay, was schlägst du vor?«

»Gut, dass du fragst. Du wirst jetzt zur Arbeit gehen und ich hier Ordnung machen. Dann haben wir
in den kommenden Tagen die nötige Ruhe, um mit
deinem Vater zu sprechen. Wir sollten auch Marie
bitten, dabei zu sein.«

»Sie hat das alles nicht in dem Ausmaß mitbekommen. Eigentlich wollte ich sie aus allem raushalten.«

»Sie ist sechzehn, fast erwachsen. Und glaub mir,
sie hat genug mitbekommen. Sie ist ja nicht blöd.
Nur weil sie nicht mit dir darüber gesprochen hat,
heißt das nicht, dass sie nichts aufgeschnappt hat. Du
hast mit *ihr* ja schließlich auch nicht darüber geredet.
Und außerdem gehört sie zur Familie. Sie ist genauso involviert und hat das Recht, zu erfahren, wie wir
eure Probleme lösen wollen.«

Warum habe ich Nina nicht schon eher um Hilfe
gebeten? Bei ihr klingt alles so logisch, so einfach.

Das erste Mal seit Jahren habe ich das Gefühl,
nicht völlig allein auf der Welt zu sein und nicht alles allein stemmen zu müssen. Zwar haben wir noch
keinen einzigen Punkt auf der langen Liste der Ärger-
nisse abgehakt, doch ich glaube fest daran, dass wir
nun den richtigen Weg einschlagen.

Die Zehn-Uhr-Schicht im Café ist, wie sonst auch, so
entspannt, dass ich kaum etwas zu tun habe. Deshalb
trage ich mich so gern dafür ein.

Endlich habe ich auch die Ruhe, um mir meinen
Liebesbrief von der Staatsanwaltschaft anzusehen.

Nachdem ich alle Gäste vorerst versorgt habe, lehne ich mich lässig an den Tresen, wische meine Hände an der Schürze ab und öffne vorsichtig den Umschlag. Es ist eine Vorladung zur Vernehmung. Na toll.

Was die dort wohl von mir wissen wollen? Ich wurde auf frischer Tat ertappt, von zwei Polizisten – dementieren kann ich sicher nicht. Oder doch? Ob ich mich wenigstens erklären kann? Das wird die Kripo wohl kaum interessieren. Ich sollte einfach alles zugeben, Reue zeigen und hoffen, dass ich glimpflich davonkomme.

Ich speichere mir also den Termin im Handykalender und stopfe den Umschlag zurück in meine Tasche. Bevor ich das Telefon ebenso wegstecken kann, vibriert es in meiner Hand. Zum Glück bin ich allein, also drücke ich ausnahmsweise den grünen Hörer.

»Engel«, melde ich mich förmlich, da ich die Nummer nicht kenne.

»Hallo Louisa, hier ist Hannes, dein neuer Chef.« Seine Stimme klingt fröhlich.

»Hallo ... ähm ... Herr Hohenstein?«

»Sei nicht albern, nenn mich bitte Hannes und sag Du zu mir. Sonst komme ich mir alt vor.«

»Okay.«

»Gut. Wir haben ja morgen früh unseren Termin zur Vertragsunterschrift. Könntest du eventuell gleich dableiben? Ich habe einen Termin mit einem Neukunden. Dann könnte ich dich hier von Anfang an involvieren.«

»Ähm ...«

»Entschuldige, ich überrumple dich gerade total, nicht wahr? Aber du sagtest ja, dass du in diesem Fitnessstudio keine Schichten mehr hast.«

»Ja, ich bummle meine Überstunden bis zum Ende der Vertragslaufzeit ab. Zeit hätte ich also.«

»Ich weiß, dass das rechtlich nicht ganz wasserdicht ist. Und du benötigst ja auch deine verdiente Freizeit. Ich könnte dir einen Ausgleich anbieten, sobald dein Dienst hier offiziell beginnt.«

»Oh, wow, das ist wirklich nicht nötig.«

»Doch, doch. Wir wollen ja keine überarbeiteten, schlechtgelaunten und frustrierten Mitarbeiter haben.«

»Wie könnte ich dann Nein sagen«, erwidere ich und lächle.

Zum ersten Mal habe ich nicht das Gefühl, dass meine Arbeit in der Unternehmensberatung eine totale Katastrophe wird. Vielleicht könnte ich mich sogar wohlfühlen.

»Das ist fantastisch«, meint Hannes. »Dann sehen wir uns also morgen acht Uhr im Büro. Um zehn kommt der Kunde, da hab ich noch etwas Zeit, dich über die Fakten zu informieren.«

»Sehr schön, ich freue mich.« Diesmal ist es sogar halbwegs ehrlich gemeint.

Mit etwas leichterem Gewissen lege ich auf und bereite auf Fingerzeig eines Gastes noch einen Kaffee zu.

Ob ich nun studiert habe oder nicht, ist doch irrelevant, Hauptsache ich mache meinen Job gut. Okay, es ist und bleibt Betrug, aber das versuche ich nun erst mal auszublenden, nehme mir aber vor, in Zukunft solche Fehltritte zu vermeiden.

Kurz vor vierzehn Uhr taucht meine Chefin auf, und ich informiere sie, dass ich zukünftig nur noch Wochenendschichten übernehmen kann. Meine Kollegen sind vorrangig Studenten, die meist auch nur am Wochenende arbeiten können, weshalb ich meine Stunden im Café drastisch reduzieren muss. Womöglich wird mich mein neuer Job aber so vereinnahmen, dass ich sowieso bald gar nicht mehr herkomme.

»Was hältst du davon, dem Kunden vorzuschlagen, Vertriebsschulungen anzubieten, um den Umsatz zu steigern, anstatt Personal in den internen Abteilungen abzubauen?«, frage ich Hannes, der mir gegenüber auf der Couch in seinem Büro lümmelt und seine Aufzeichnungen von unserem gestrigen Kundentermin studiert, während ich etwas unbeholfen und kerzengerade auf dem Sessel sitze.

»Weil die Vorgabe nicht lautet, den Umsatz zu steigern, sondern Kosten zu senken.«

»Das schlussendliche Ziel ist doch aber eine Gewinnerhöhung. Ob die durch Kostensenkung oder Umsatzerhöhung zustande kommt, ist doch egal, oder?«

Er sieht mich nachdenklich an.

»Entschuldige«, sage ich schnell. »Ich fantasiere nur ein wenig herum, ich habe ja eigentlich noch keine Ahnung davon.«

»Nein, nein. Wir machen Brainstorming, da ist nichts zu abwegig oder zu lächerlich. Du hast ja im Grunde recht. Wir sollten es als einen Baustein aufnehmen, vielleicht lässt sich daraus ein Konzept entwickeln. Wir müssen es dem Kunden nur gut verkaufen, Vorteile und Nutzen herausstellen. Welche Bausteine er am Ende umsetzt, bleibt ihm überlassen.«

»Ich dachte, wir begleiten die Prozesse dann auch noch.«

»Das ist von Projekt zu Projekt unterschiedlich. Je nachdem, was der Kunde möchte. Manchmal entscheiden sie sich später noch für die Prozessbegleitung.«

Hannes schwadroniert noch minutenlang über die Ausgestaltung der Verträge, doch so sehr ich mich auch bemühe, alles zu verstehen, merke ich, wie ich immer wieder gedanklich abschweife. Zumindest kann ich mir ein Gähnen verkneifen und nicke ab und an interessiert.

»Sorry, ich wollte dich noch nicht mit den Details langweilen«, beendet er schließlich seinen Monolog.

»Ganz und gar nicht«, behaupte ich und nippe an meinem inzwischen kalten Kaffee, um meine Lüge zu überspielen. Ich schüttle mich leicht, und Hannes grinst.

»Soll ich uns einen frischen holen?«, fragt er und nimmt mir die Tasse ab.

Ich schnippe aus meinem Sessel. »Wie bitte? Dafür bin ich doch zuständig.«

Auch Hannes steht auf und macht keine Anstalten, mir meine Tasse wiederzugeben, die ich mit ausgestrecktem Arm zurückverlange. »Erstens sieht deine neue Stellenbeschreibung eigentlich nicht die Zubereitung des Kaffees vor, und zweitens arbeitest du noch gar nicht offiziell hier. Lass mich dir den Kaffee bringen, solange dein Vertrag noch nicht läuft.«

»Du weißt aber schon, dass das noch gute drei Wochen sind?«

»Darüber wollte ich sowieso mit dir sprechen. Meinst du, es wäre möglich, mit dem Fitnessstudio einen Aufhebungsvertrag auszuhandeln? Ich würde deinen Start hier gern nach vorn verschieben.«

»Damit du mir nicht so lange den Kaffee bringen musst?«, flachse ich und hoffe, der kleine Scherz ist angebracht, auch wenn ich noch nicht lange da bin.

Zum Glück lacht Hannes ausgelassen. »Unter anderem. Vorrangig möchte ich dich aber so schnell wie möglich stärker einbinden, vor allem, da wir jetzt dieses Projekt gemeinsam begonnen haben und du es natürlich von Anfang bis Ende begleiten sollst. Ich kann dich aber nicht wochenlang bitten, acht Stunden täglich hier aufzutauchen. Ist ja auch eine Versicherungsfrage.«

»Tja, wasserdicht ist das nicht. Da habe ich dich wohl in der Hand.«

»Das hast du wohl«, bestätigt er lächelnd und schwenkt die Kaffeetassen.

Ich erinnere ihn daran, sollte meine Flunkerei jemals auffliegen.

»Du könntest aber auch unverschämt sein, und von mir verlangen, herzukommen. Schließlich möchte ich den Job haben und behalten.«

»Wärest du denn so eine Arbeitnehmerin, die Aufgaben übernimmt, obwohl sie dazu nicht verpflichtet ist?«

»Selbstverständlich«, gebe ich ohne Umschweife zu und grinse. »Viele Beschäftigte tun doch alles, um keine Kündigung zu riskieren.«

Er sieht mich mit zusammengezogenen Brauen an, geht dann langsam zur Tür seines Büros und dreht sich noch einmal um. »Keine Sorge, so ein Arschloch-Chef bin ich nicht.«

»Hab ich auch nicht erwartet«, erwidere ich lächelnd.

Auch sein Gesicht hellt sich wieder auf und er verschwindet im Flur.

Als ich allein bin, atme ich schwer aus.

Mein Gott, was tue ich hier? Alle sind so nett zu mir, und ich verarsche sie nach Strich und Faden. Wie kann ich jemals mit gutem Gewissen hier arbeiten, ohne darüber nachzudenken, wie ich an den Job gekommen bin? Wie lange kann ich noch vertuschen, dass ich keinen blassen Schimmer habe, was ich hier mache?

Ich fahre mir mit den Händen übers Gesicht, reibe meine Augen, bis mir einfällt, dass ich heute Morgen Mascara und Lidschatten aufgetragen habe. Hektisch blicke ich mich um und entdecke tatsächlich einen kleinen Wandspiegel hinter der Tür.

Ich stelle mir vor, wie Hannes immer noch einmal sein Äußeres checkt, bevor er einen Kunden oder andere Gäste in seinem Büro empfängt. Seinen sorgfältig gestylten Haaren und dem gepflegten Dreitagebart nach zu urteilen, legt er sehr viel Wert auf sein Erscheinungsbild. Seine schmale Krawatte und das maßgeschneiderte Sakko sitzen stets perfekt, obwohl letzteres jetzt am späten Nachmittag unordentlich über der Lehne seines Schreibtischsessels hängt. Die Ärmel seines Hemdes hatte er hochgekrempelt und den Kragen gelockert.

Trotzdem muss ich ihm nicht mit Panda-Augen gegenübertreten und prüfe mein Make-up im Spiegel. Mit den Fingern wische ich die schwarzen Schlieren unter den Augen weg und nehme mir vor, demnächst in wischfeste Kosmetik zu investieren.

Die Tür fliegt auf und knallt gegen meine Fersen. »Autsch.«

»Hoppla, wo treibst du dich denn rum?«, fragt Hannes und lugt hinter die Tür.

»Sorry, ich musste ... ähm ...« Ich zeige verlegen auf den Spiegel, was Hannes ein Lächeln entlockt.

»Keine Bange, du siehst gut aus ...«, plappert er drauflos und stockt dann erschrocken. »Ähm ... ich meine ... es ist alles ... in Ordnung ... ähm, hier, dein Kaffee.«

Ich nehme ihm die Tasse ab, allerdings ist das Porzellan so heiß, dass ich schmerzerfüllt aufschreie und schnell mit der anderen Hand nach dem Henkel greife.

»Shit«, rutscht es ihm heraus. »Es tut mir leid. Tut es sehr weh?« Er nimmt mir den Becher wieder aus der Hand, ohne eine Miene zu verziehen und stellt ihn auf dem Tisch der Sitzgruppe ab. Hannes ist offenbar weniger empfindlich. Oder lässt es sich nicht anmerken. Die Brühe ist wirklich kochend heiß!

»Nein, geht schon«, winke ich ab, aber er greift schon nach meinem Handgelenk. Die Handinnenfläche ist knallrot.

»Verdammt! Warte, ich hole dir einen Eisbeutel.«

»Nein, das ist nicht ...«, kann ich nur noch hinterherrufen, aber Hannes ist schon wieder aus dem Büro geflitzt.

Meine Güte, ich bin doch kein Prinzesschen. Wenn der wüsste, wie ich mir manchmal die Hände aufgerissen habe, wenn ich mich beim Inlineskaten flachgelegt habe, bis ich dann endlich nicht mehr zu eitel für Handgelenkschoner war.

Dennoch brennt es ganz schön.

Hannes kommt mit einer tiefgekühlten Kompresse und einem Handtuch zurück und reicht mir beides. »Hier. Soll ich dir helfen?«

»Geht schon.« Als er mich mitleidig ansieht, füge ich schnell hinzu: »Ehrlich, Hannes, das ist kein Beinbruch. Ich habe mir schon schlimmer wehgetan. Und schau, ich lebe noch!« Dennoch wickle ich brav die Kompresse ins Handtuch und presse sie mir auf die rechte Handfläche.

»Trotzdem. Du bist den zweiten Tag im Büro – das nicht mal offiziell – und schon verletzt du dich. Ich sagte ja, allein schon wegen der Versicherung müssen wir den Vertrag vorziehen.«

»Verletzt? Jetzt übertreib mal nicht. Ich habe eine heiße Tasse angefasst und mir nicht den Brieföffner ins Auge gerammt.« Das Brennen in meiner Hand lässt bereits nach und auch die Farbe der Haut normalisiert sich langsam.

»Okay. Aber ich denke, dass es wohl heute Zeit für den Feierabend ist.«

»Ich bin fit, wirklich.«

»Ich aber nicht mehr«, gähnt Hannes und lacht dabei. »War eine harte Woche. Wir sollten jetzt Schluss machen, sind ohnehin die Letzten im Büro.«

»Wie du meinst.«

»Sag mal ... hättest du Lust ... also, wollen wir vielleicht auf einen Feierabenddrink rüber in die Wunderbar?«

»Du willst mit mir was trinken gehen?«

Er räuspert sich. »Na ja, nein ... also, doch ... ich meine, das machen wir ab und zu freitags nach Feierabend.«

»Wir sind aber nur zu zweit.«

»Ja, schon ... Du hast recht, das ist ... Sorry, ich wollte dich nicht in Verlegenheit bringen.«

Warum denken das bloß immer alle?

Sie bringen sich damit doch nur selbst in Verlegenheit.

»Ich bin dein Chef«, fährt er wieder gefasst fort. »Tut mir leid, das war unangebracht.«

»Das braucht dir nicht leidtun. Wir können ja alle gemeinsam auf meinen Einstand anstoßen, wenn es so weit ist – falls das bei euch üblich ist.«

»Das sowieso. Ich wollte nur nicht, dass du mich falsch verstehst.«

»Mach dir keine Gedanken. Wir werden nun beide einfach ins Wochenende gehen und Montag weiter an unserem Projekt arbeiten. Und den Feierabenddrink holen wir nach.«

»Klingt vernünftig«, bestätigt Hannes und lächelt. Dann reicht er mir förmlich die Hand und deutet eine Verbeugung an. »Es ist mir eine Ehre, mit Ihnen zusammenzuarbeiten.«

Ich muss lachen, verabschiede mich dann von ihm und sammle meinen Kram zusammen.

Wenn es Hannes in ein paar Monaten immer noch eine Ehre ist, bin ich zufrieden. Momentan bin ich auf dem besten Weg, mich ins Team einzufinden, doch stoße ich mit Sicherheit noch auf Stolpersteine. Bei meinem Glück muss ich nur darauf warten. Aber ich habe beschlossen, positiv an die Sache heranzugehen. Schlimmer kann es ohnehin kaum noch für mich kommen.

ELF

Unangenehme Wahrheiten

An unserem verwilderten Garten hat sich nichts geändert, aber als ich unser Haus betrete, atme ich erleichtert auf. Nina hat tatsächlich den elenden Geruch herausbekommen und in den letzten drei Tagen von früh bis spät aufgeräumt, ausgemistet und geputzt, sodass selbst ich mich freue, abends heimzukommen. Die Garderobe im Flur ist ordentlich sortiert, die Kommode von unnützem Krempel befreit, der Teppich gesaugt, und Maries Schulsachen verschwunden.

Ich stelle meine Tasche auf das neue, flache Bänkchen, schiebe meine Schuhe in eines der Fächer und hänge meine Jacke an den Haken.

Aus der Küche höre ich Stimmen, Musik und vernehme einen herrlichen Duft nach irgendeinem Fleischgericht. Als ich Nina und Marie am Herd entdecke, klopfe ich gegen den Türrahmen. »Guten Abend, die Damen, ihr habt ja gute Laune.«

Nina dreht sich mit einem begeisterten Gesichtsausdruck zu mir. »Marie hat mir das Kochen beigebracht.«

»Na ja, dahin ist es noch ein langer Weg«, kommentiert Marie trocken und schmeckt die Soße ab. »Aber im Umrühren macht ihr jetzt keiner mehr was vor.«

»Und als Hausdame offensichtlich auch nicht. Nina, hier sieht es toll aus!«

»Vielen Dank. Ich habe heute noch die Fenster geputzt und euren Abstellraum aussortiert. Etwa die Hälfte des Inhalts wartet auf die Sperrmüllabholung«, lässt sie mich wissen und holt vier Teller aus dem Küchenschrank.

»Okay, prima. Ich weiß gar nicht, wie ich dir danken soll.«

»Schon in Ordnung.«

»Mensch, und sogar die Küche sieht nicht aus wie ein Trümmerfeld, obwohl Marie gekocht hat.«

Mit Topflappen und dem riesigen Bräter bewaffnet geht Marie zum Küchentisch, auf dem schon Untersetzer bereitliegen, und sieht mich genervt an. »Danke, ich habe heute schon meinen Einlauf bekommen.«

»Ja, Marie weiß jetzt, dass sie auch ihren Teil beitragen muss, damit das Ganze hier funktioniert.« Nina wedelt mit ihren Händen in alle Richtungen.

Nachdem Marie den Topf mit dem Fleisch abgestellt hat, holt sie zusammen mit Nina noch Gemüse und Bratkartoffeln vom Herd und verteilt das Besteck, während ich mich bereits setze und bedienen lasse.

»Wo ist Papa?«, frage ich mit Blick auf das vierte Gedeck.

»Er ist noch oben«, antwortet Nina. »Er hat wieder den halben Tag geschlafen. Hab ihn vorhin geweckt.

Er sollte gleich da sein.« Dann brüllt sie seinen Namen, und wir zucken zusammen.

Als er in die Küche kommt, wirkt er ausgeglichen und fröhlich, begrüßt mich mit einem freundlichen Lächeln. »Wie war dein Tag, Lou?«

»Ganz gut«, erwidere ich knapp und sehe verstohlen zu Nina. Ich bin unsicher, wie ich mit ihm umgehen soll, vor allem, weil ich weiß, was sie vorhat.

Sie lächelt mir aufmunternd zu und setzt sich ebenso zu uns.

Okay, also erst mal Small Talk. Auch Marie und Nina steigen mit ein, um die Stimmung aufzulockern.

Nachdem wir gegessen haben, räuspert sich Nina und wirft Marie und mir einen kurzen Blick zu. Dann wendet sie sich an unseren Vater: »Peter, wir wollen gern mit dir reden.«

Mit großen Augen hebt er den Blick von seinem Teller, sieht erst Nina, dann mich, dann Marie an. »Ist das eine Verschwörung?«

»Wie kommst du darauf?«, fragt Nina ruhig.

»Ich habe das Gefühl, dass ihr etwas im Schilde führt. Wir essen selten gemeinsam zu Abend. Hat mich schon gewundert.«

»Da hast du recht. Ich bin zwar nur zu Gast, aber auch ihr drei solltet das öfter tun. Ihr seid eine Familie. Und genau darum geht es mir jetzt.«

Mein Vater hebt eine Augenbraue. »Wie meinst du das.«

Sie holt tief Luft. »Deine Töchter machen sich Sorgen um dich. Und ich mir auch.«

Schlagartig verfinstert sich sein Ausdruck, er verkrampft am ganzen Körper. »Was soll das hier? Was hast du ihr erzählt?«, wendet er sich an mich, doch ich schweige, überlasse meiner Tante das Wort.

»Peter! Sieh mich an!«, verlangt sie von ihm. »Dir geht es nicht gut. Das sehen deine Töchter und das sehe auch ich. Wir möchten dir helfen.«

»Ich brauche keine Hilfe, mir geht es blendend!« Er springt auf.

»Setz dich«, fährt Nina ihn so scharf an, dass selbst ich mich auf meinem Stuhl zurechtrücke. Auch Marie sitzt plötzlich kerzengerade auf ihrem Platz.

Langsam lässt mein Vater sich nieder, lässt Nina dabei nicht aus den Augen.

»Hab ich deine Aufmerksamkeit?«, erkundigt sie sich nur wenig sanfter, und er nickt wortlos. Ganz behutsam fährt sie fort: »Gut! Wir wollen dir keine Vorhaltungen machen, Peter. Wir wollen dir unsere Hilfe anbieten. Deine Töchter sind besorgt. Wie ich finde zurecht. Es ist nämlich *nicht* völlig normal, mit Flaschen um sich zu werfen.«

Mein Vater schluckt schwer, beginnt seine Hände zu kneten und starrt auf die Tischplatte vor sich.

»Ich möchte, dass du selbst darüber nachdenkst, ob das in Ordnung war.« Nina beugt sich ein Stück zu ihm, flüstert fast nur noch. »Lou hatte Angst, verstehst du?«

Dann ist es mucksmäuschenstill. Keiner rührt sich, ich traue mich kaum zu atmen.

Schließlich krächzt mein Vater kaum hörbar: »Es war nicht in Ordnung. Es tut mir leid.«

»Wir wollen dir helfen, Peter ... wenn du das willst. Wenn du denkst, dass du Hilfe benötigst, dann sind wir für dich da, okay?«

»Ich ... weiß nicht ... Ich bin doch nicht ...«

»Peter ... denk einfach darüber nach.«

»Ich denke, ich gehe jetzt wieder nach oben und lege mich hin.«

»Okay, mach das. Wenn du uns brauchst ... wir sind hier.«

Schwerfällig, als wäre er ein alter Mann, steht mein Vater auf und schleppt sich aus der Küche.

Noch eine Weile sitzen wir schweigend am Tisch, trauen uns nicht, uns anzusehen.

»Meinst du, er hat es eingesehen?«, wispert Marie Nina zu.

»Keine Ahnung«, seufzt sie. »Ich weiß wirklich nicht, was ich tun kann. Er muss sich sein Problem selbst eingestehen.«

»Und du hast ihm jetzt den Denkanstoß dazu gegeben«, bemerke ich.

»Das hoffe ich. Ich hoffe so sehr, dass er sich Gedanken über sein Verhalten macht und erkennt, dass er etwas ändern muss. Dass er Hilfe braucht. Und ich hoffe, dass er sie annimmt.«

»Was können wir denn noch tun?«, fragt Marie. Selten habe ich sie so ernst und unsicher gesehen.

»Sollten wir vielleicht selbst nach einem Therapeuten Ausschau halten?«, schlage ich vor.

»Ich denke, das ist keine gute Idee. Wenn euer Vater Hilfe sucht, dann soll er das Gefühl haben, selbst entscheiden zu können, welche er annimmt. Sobald er sich bevormundet fühlt, blockt er sicher wieder ab.«

»Aber wir könnten uns doch Rat holen, was wir machen sollen, wie wir uns verhalten sollen.«

»Ja, das ist richtig. Ich erkundige mich, wo wir uns beraten lassen können.«

»Mir ist jetzt richtig schlecht«, meint Marie und schiebt ihren Teller weit von sich.

»Tut mir leid, dass wir dich mit reinziehen mussten, aber ich glaube, es ist wichtig, dass ihr zwei als Einheit eurem Vater gegenüber agiert.«

»Verstehe schon. Ist okay, aber ich hätte nie gedacht, dass es so ernst ist.«

»Du solltest das erst mal verdauen. Ich kümmere mich jetzt um die Küche, und ihr zwei macht ... was auch immer ihr freitagabends macht.«

Marie und ich sehen uns an. Sie ist meist bei ihrer Freundin Lena oder auf irgendeiner Party ihrer Mitschüler und ich von der Woche im Studio, im Café und vom Karatetraining so kaputt, dass ich fast immer vor neun todmüde ins Bett falle.

»Ich geh hoch in mein Zimmer, noch ein bisschen fernsehen und dann ins Bett«, kündigt Marie überraschenderweise an. »Mir reicht es für heute.«

Mit gesenktem Kopf verlässt sie die Küche und lässt Nina und mich aufgewühlt zurück.

Während wir anfangen, den Tisch abzuräumen, stelle ich fest, dass ich heute gar nicht so erschöpft bin wie sonst. Eher das Gegenteil ist der Fall.

»Lass schon, Lou, ich mache das«, sagt Nina und nimmt mir die Teller ab.

»Nein, ich helfe dir. Schließlich bist du nicht für immer hier. Du hast ohnehin schon genug getan.«

»Aber möchtest du nicht einmal ausgehen? Dich amüsieren?«

Ich stoße gedehnt die Luft aus und überlege. »Ich wüsste nicht, mit wem.«

»Was ist denn mit Mika?« Ninas verstohlenes Grinsen entgeht mir nicht.

»Was soll mit Mika sein?«, stelle ich mich dumm.

»Er kreuzt fast jeden Tag hier auf. Außerdem hat er den Vorgartenzaun repariert. Hast du das gesehen?«

»Ja, ist mir aufgefallen.«

»Das ist doch unheimlich nett.« Sie wackelt mit den Augenbrauen.

Seufzend lasse ich mich auf einen Stuhl fallen. »Ja, natürlich. Mika ist wahnsinnig bemüht, an die Freundschaft anzuknüpfen, die wir früher einmal hatten.«

»Ich erinnere mich. Ihr wart doch einmal beste Freunde.«

»Ja, das ist lange her.«

»War da denn noch mehr?«

»Nein, wir waren zu jung für so was. Und dann ...«

»... dann passierte der Unfall«, beendet Nina meinen Satz, setzt sich zu mir und legt eine Hand auf meine.

»Ja, das hat alles verändert.« Ich erzähle die Kurzversion vom Ende unserer Freundschaft, lasse den Teil weg, in dem Mika sich komplett von mir abgewendet hat. Denn ganz unschuldig bin ich daran nicht. Ich habe ihn einmal zu oft weggestoßen. Kein Wunder, dass ein Teenager die Geduld verliert.

»Und was spricht dagegen, sich jetzt wieder anzunähern?«, fragt Nina nach meinem Monolog.

»Haben wir ja.« Ich zögere kurz. »Wir haben uns Dienstagabend geküsst.«

Ninas Augen leuchten und ihr Lächeln lässt keinen Zweifel daran, dass ihr die Vorstellung gefällt. »Das ist doch toll. Das freut mich für euch ... War es gut?«

Ihre Freude darüber kann ich nicht teilen, zucke nur gleichgültig mit den Schultern.

»Es war *nicht* gut?«, hakt sie nach.

»Doch ... na ja ... also, ich weiß nicht. Ich habe die Schmetterlinge und den Kram gespürt, aber ...«

»Was ist das Problem?«, fragt sie sanft.

»Keine Ahnung. Es gibt in meinem Leben einfach viel zu viele Baustellen.«

»Du meinst, deinen Vater?«

»Unter anderem.«

Nina seufzt und tätschelt meine Hand. »Das kriegen wir gemeinsam hin. Ich bin doch auch noch da.«

»Es ist ja nicht nur das.«

Und dann erzähle ich Nina von dem Brief der Bank, unseren hohen Schulden, der leeren Haushaltskasse, dem kaputten Auto, den ausstehenden Reparaturen am Haus, dem Getuschel der Nachbarschaft über uns ... und schließlich auch von der Anzeige gegen mich, der folgenden Kündigung und meiner Flunkerei bei der Bewerbung. Obwohl es mir nicht leichtfällt, fühlt sich der riesengroße Stein in meinem Magen mit jedem Wort, das mir über die Lippen kommt, ein kleines bisschen leichter an. Es

tut gut, alles loszuwerden, was ich in letzter Zeit ver-
bockt habe.

Ninas Augenbrauen wandern immer weiter in die
Höhe, dass ich schon befürchte, sie verschmelzen
gleich mit ihrem Haaransatz.

»Ich sagte ja, jede Menge Baustellen.«

Sie räuspert sich. »Wow, das ist ... tja.« Einen Augenblick verstummt sie wieder und reibt sich nachdenklich die Schläfe. Doch dann steht sie auf, holt
einen Notizblock und einen Kugelschreiber vom Tresen und setzt sich direkt neben mich an den Tisch.
»Schreib es auf.«

»Meine ganzen Sünden?«

»Ja, schreib sie auf. Dann verlieren sie ihren Schrecken. Du notierst dir alles, was dir auf der Seele
brennt und dann suchen wir für alles Stück für Stück
eine Lösung.«

»Wie soll ich denn für meinen gefakten Studienabschluss eine Lösung finden? Wenn ich das vor Hannes zugebe, bin ich draußen, was sich wiederum auf
unsere Finanzen auswirkt. Das ist ein verdammter
Teufelskreis.«

»Ähm ... ich sagte ja nicht, dass wir für alles sofort
eine Lösung brauchen. Manches ... braucht vielleicht
etwas länger Zeit.«

»Okay.« Ich zucke mit den Schultern. Möglicherweise hilft es ja doch. Immerhin geht es mir schon
besser, nachdem ich Nina alles erzählt habe.

Und tatsächlich, als ich alles aufgelistet habe, lege
ich erleichtert den Stift weg. Nicht, weil irgendeine
von meinen Verfehlungen oder den Schwierigkeiten,

die ich habe, erledigt ist, sondern, weil sie kein Geheimnis mehr sind. Nina weiß jetzt Bescheid, und ich kann sie um Rat bitten, bevor ich die nächste Dummheit begehe.

Noch einmal liest sie sich die Liste durch und verzieht dabei den Mund. »Gut, genug Aufregung für heute«, entscheidet sie. »Willst du nicht doch noch etwas unternehmen?«

»Falls du jetzt wieder auf Mika anspielst, muss ich dich enttäuschen. Ich kann mich einfach nicht auf eine ... Beziehung oder so etwas konzentrieren.«

»Lou, wir biegen alles wieder gerade. Eins nach dem anderen. Lass dich doch nicht so von deinen Problemen beeinflussen. Du musst dich doch nicht zwischen Leben und Liebe entscheiden.«

»Ich kann nicht!«

»Warum denn?«

»Weil ... Er hat ...«

»Du bist noch nicht darüber hinweg«, stellt Nina fest. »Die verlorene Freundschaft zu ihm erinnert dich zu sehr an deine Mutter und den Unfall.«

Wortlos sehe ich auf meine Finger, die schon ganz rot sind, weil ich sie schon minutenlang unbewusst aneinanderreibe.

»Du hast deine Trauer noch nicht verarbeitet. Und Mika ist ein Teil davon.«

»Ja, weil er mich damit alleingelassen hat.« Nun erzähle ich auch den Rest der Geschichte, der weder Mika noch mich in ein besseres Licht rückt.

»Okay, daran sollten wir also auch arbeiten. Schreib das auf«, fordert mich Nina mit einem Kopfnicken in Richtung des Notizblockes auf und nimmt mich in den Arm.

»Glaubst du, ich kann mich irgendwann wieder auf eine richtige Freundschaft mit ihm einlassen? Mein Bauch möchte es, aber mein Kopf weigert sich noch.«

»Er gibt sich doch alle Mühe, auch deinen Sturkopf zu überzeugen, oder?«

»Ja, er will mich morgen auch unbedingt zu diesem dämlichen Klassentreffen schleppen.«

»Vielleicht tut dir die Konfrontation mit den Dämonen deiner Vergangenheit gut. Wenn du merkst, dass es gar nicht so schlimm ist, hilft es dir womöglich.«

»Oder es wird eine Katastrophe!«

»Mal doch nicht immer den Teufel an die Wand. Versuch dich auch mal wieder zu amüsieren. Lass los, hab Spaß mit Mika, trinkt was, unterhaltet euch ...«

»Ich gebe mir Mühe.«

»Das wollte ich hören.« Nina erhebt sich, gibt mir einen Kuss auf den Scheitel und räumt den Rest des Abendessens weg.

Fürs gute Gewissen - weil ich es die ganze Woche sträflich vernachlässigt habe - gehe ich noch eine Runde joggen, mache ein paar Dehnübungen, dusche mich ab und schlüpfe dann zufrieden unter die Decke.

Mika hat geschrieben, möchte sich morgen mit mir vor dem Haupteingang des Schulgebäudes treffen, weil er zuvor in der Stadt noch etwas zu erledigen hat.

Ich antworte mit einem schlichten »Okay« und einem Lächeln auf den Lippen und schalte mein

Handy danach stumm. Das erste Mal seit langer Zeit schlafe ich schnell ein und wache nicht fünfmal in der Nacht auf, sondern erst am nächsten Morgen – ausgeruht und mit einem seltsamen Gefühl der Vorfreude auf den heutigen Tag.

ZWÖLF

Aufgeflogen

Der Schulhof ist ungewohnt leer. Kein Wunder - es ist Samstag. Aber an einem Samstag war ich auch noch nie hier gewesen. Dementsprechend verlassen kommt mir das Gelände vor. Nur zwei Gestalten sitzen auf einer Bank unter dem Baum am anderen Ende des Hofs und rauchen eine Zigarette. Vermutlich sind es ehemalige Mitschüler, allerdings erkenne ich nicht, wer es ist.

Langsam werde ich nervös. Mika ist schon zehn Minuten zu spät dran und hat nicht auf meine Nachricht geantwortet. Ich hasse Unpünktlichkeit. Und noch mehr, wenn man nicht mal ankündigt, dass man unpünktlich ist.

Fünf Leuten aus meinem Jahrgang habe ich bereits freundlich zugenickt, als sie an mir vorbei ins Schulgebäude gegangen sind. Zwei haben gefragt, ob ich mit reinkomme, aber ich habe mitgeteilt, dass ich noch auf jemanden warte.

Allmählig wird es peinlich. Ich fühle mich wie damals - allein und stehen gelassen.

Nachdem ich vergeblich versucht habe, Mika auf dem Handy zu erreichen, betrete ich schließlich allein meine ehemalige Schule. Ein paar Stimmen schallen weit entfernt durchs Treppenhaus, ich höre Musik, die aus der Aula dringt. Dort findet die Party statt. Obwohl es noch Nachmittag und es draußen angenehm warm ist, wirkt das Gebäude innen düster und unheimlich. Ich sehe keine Menschenseele und fühle mich in die Vergangenheit zurückversetzt. Zwar wuselten seinerzeit ein paar Hundert Schüler um mich herum, dennoch kam ich mir genauso einsam vor wie in diesem Moment.

Warum ist Mika nicht da? Ob etwas passiert ist? Aber dann hätte Anni sicher Bescheid gesagt. Sie weiß, dass wir heute gemeinsam hierher wollten.

Mich überkommt ein leichter Groll auf ihn, weil er mich schon wieder hängen lässt, als ich zögerlich die Stufen zur Aula erklimme.

Hat er es vielleicht vergessen? Ist er vielleicht schon da und hört sein Telefon nicht?

So oder so – ich werde ihm eine Standpauke halten, die sich gewaschen hat. Oder ihn einfach für den Rest meines Lebens ignorieren.

Auf dem letzten Treppenabsatz stehen ein paar Leute herum, die sich angeregt unterhalten. Ich nicke ihnen zu, bekomme eine ebenso höflich-zurückhaltende Begrüßung und stelle fest, dass die keine Ahnung haben, wer ich bin.

Na toll, ob mich überhaupt noch jemand erkennt? Die werden sich alle fragen, was diese Fremde hier zu suchen hat. Was zum Teufel mache ich eigentlich hier? Warum habe ich mich nur von Mika bequatschen lassen? Und jetzt taucht er nicht einmal auf!

Ich bin drauf und dran umzukehren, mache mir dann aber bewusst, dass mein Abgang genauso unangenehm werden könnte, wie wenn ich bleiben würde. Immerhin hat mich diese Gruppe im Treppenhaus gerade erst hereinkommen sehen.

Zudem rufe ich mir Ninas Worte ins Gedächtnis. Vielleicht wird es gar nicht so schlimm. Auch wenn Mika eben nicht hier ist.

Ich straffe die Schultern, beschließe aufgeschlossen zu sein und trete an zwei aneinandergeschobene Schulbänke heran, die vor der Aula aufgebaut sind. Dahinter sitzen zwei mir völlig unbekannte Gesichter – ein paar Jahre jünger als ich, wie es aussieht. Sie haben eine Liste vor sich und eine Geldkassette.

»Hi, mein Name ist Louisa Engel«, sage ich mit fester, erwachsener Stimme. »Ich weiß nicht, ob ich angemeldet bin ... Ist das ein Problem?«

»Nein, kein Problem«, erwidert die hübsche Blondine und zückt die Liste. »Moment, ich schaue mal nach.« Nur einen Augenblick später strahlt sie mich an. »Du bist angemeldet. Bezahlt ist auch. Dann viel Spaß.«

Jemand hat für mich bezahlt? Das war bestimmt Mika. Bevor er vergessen hat, dass wir hier verabredet waren.

Der junge Kerl neben der Blondine hält mir ein pinkfarbenes Papierarmbändchen entgegen und wartet, bis ich mein Handgelenk vom Ärmel meiner

Jeansjacke befreit habe, um es mir anzulegen. Ich bedanke mich mit einem Lächeln.

In einer kleinen Schachtel vor ihm liegen noch weitere Armbänder, allesamt pink. Mein Gott, das ist doch sicher auf Sophies Mist gewachsen. Die männliche Hälfte unseres Jahrgangs findet es sicher großartig.

Im Vorraum der Aula befindet sich eine Garderobe, an der ich meine Jacke abgebe und ein Märkchen erhalte.

Hier wird nichts dem Zufall überlassen, Sophie hat an alles gedacht. Ihre Perfektion ist einfach zum Kotzen.

Hätten es nicht ein paar Garderobenhaken getan? Wer von uns, zum Teufel, sollte denn die Jacke des anderen klauen? Also, meine abgeranzte, acht Jahre alte Jeansjacke will ganz sicher keiner haben.

Eine große Flügeltür weiter präsentiert sich mir das ganze Ausmaß von Sophies Vollkommenheit. Der Saal sieht aus wie bei einem Schulball, wie ich ihn mir dank diverser Filme aus den USA vorstelle. Eine große Diskokugel hängt von der Decke herab und hinterlässt tausende kleine Lichtpunkte im ganzen Raum. Musik läuft, aber in einer Lautstärke, bei der man sich noch unterhalten kann. Vor der großen Fensterfront zum Innenhof ist ein langes Buffet mit ein paar Snacks aufgebaut, daneben entdecke ich eine Bar, hinter der zwei weitere, recht jung aussehende Mädchen emsig dabei sind, die Getränkewünsche meiner einstigen Mitschüler zu erfüllen. Abgefüllt wird der Alkohol natürlich in große rote Plastikbecher.

Ich rolle mit den Augen. Bitte noch mehr amerikanische Klischees!

Und die lassen nicht lange auf sich warten. Durch den Raum flaniert in diesem Moment Sophie auf mich zu, die ein hinreißendes, langes Abendkleid trägt. Zumindest wäre es hinreißend, wenn es tatsächlich abends wäre. Und eine andere Person es tragen würde. Aber unter diesen Umständen löst es leider nur Würgereiz in mir aus.

Bevor mich Polizisten-Barbie erreicht, sehe ich mich schnell um. Ein paar der Mädels haben sich partytauglich gekleidet, andere sind leger unterwegs. Also falle ich in meinem knielangen Sommerkleid weniger auf als Sophie. Ob das jetzt gut ist oder schlecht.

Sie *will* auffallen, um jeden Preis. Und das gelingt ihr in diesem Aufzug sicherlich – wie damals schon. Ich wiederrum gehe in der Masse unter, also hat sich nichts geändert.

Diese Erkenntnis sollte mir die Entscheidung für einen sofortigen Abgang endgültig abnehmen, doch ich rühre mich nicht, bis Sophie mit einem zuckersüßen Lächeln vor mir steht.

»Louisa, du hast es geschafft«, begrüßt sie mich überschwänglich und haucht obendrein zwei imaginäre Küsschen auf meine Wangen.

Völlig perplex starre ich sie an.

»Hat Mika unsere Einladung also weitergegeben. Das freut mich.«

»Ach, echt?«

»Natürlich!« Sie lacht gekünstelt und legt dann eine Hand auf ihr Dekolleté. »Ich bin so froh, dass deine Straftat keine weiteren Konsequenzen hatte.«

»Ich wurde gefeuert!«

»Oh, ja, das tut mir echt leid. Sehr ärgerlich, dass Gregor so schnell von deiner Verhaftung erfahren hat.«

Womit sie natürlich überhaupt nichts zu tun hatte!

Gleich kratze ich ihr die Augen aus! Dieses Miststück bemüht sich nicht einmal, leise zu sprechen. Kann ja jeder hier mitbekommen! Gar kein Problem.

»Weiß Mika eigentlich von der Sache?«

»Untersteh dich ...«, drohe ich ihr, doch sie hebt schon unschuldig die Hände.

»Ich habe keine Befugnis, diese Angelegenheit weiterzugeben.«

Aha! Keine Befugnis. Ich platze gleich.

»Wolltet ihr nicht zusammen kommen?«, bohrt sie weiter. »Eigentlich hatte *ich* ihn ja gefragt, ob er mich begleitet, aber er wollte wohl nicht, dass du so allein bist.« Sie grinst mit einer Mischung aus Selbstgefälligkeit, Unverständnis und gespielter Gleichgültigkeit.

Hä? Ich verstehe gar nichts mehr. Warum sollte jemand Sophie begleiten? Wollte die das wirklich bis ins kleinste Detail aufziehen wie einen Highschool-Abschlussball? Und warum sollte ausgerechnet Mika mit ihr hier auftauchen? Steht sie doch auf ihn?

Ich wusste es! Ich wusste, dass da etwas im Busch ist!

»Also, wo ist er denn nun?« Übertrieben neugierig lässt sie ihren Bick durch die Aula schweifen. Als wüsste sie nicht ganz genau, dass ich tatsächlich allein hier bin.

»Keine Ahnung«, sage ich so ruhig wie möglich.

Sophie stößt erleichtert die Luft aus, legt wieder eine Hand auf ihr Herz, die andere an meinen Oberarm, was ich kritisch begutachte.

Am liebsten würde ich ihn ihr ausreißen. Ich bin sicher, ich kann das. Wozu habe ich fast sieben Jahre Karate gemacht!

»Weißt du, das beruhigt mich«, meint sie lächelnd.

Langsam sehe ich von ihrer Hand auf meinem Arm in ihr Gesicht und hebe eine Augenbraue.

»Ich hatte schon befürchtet, ihr wärt irgendwie ... zusammen.« Endlich entfernt sie ihre Finger von meinem Körper und fuchtelt damit nun wild in der Luft herum. Ihr Glück. Noch einen Moment länger und ich hätte sie ihr abgebissen.

»Was geht es dich an?«, frage ich sie, will die Antwort aber eigentlich gar nicht hören.

»Na ja, das geht *dich* jetzt eigentlich nichts an, aber ich hatte gehofft, dass Mika und ich unsere Beziehung von damals wieder aufleben lassen können. Wir waren nach der Schule ein Paar, bis er für seine Ausbildung nach Berlin gezogen ist. Aber jetzt ist er ja wieder da und ... Hat er dir gar nichts davon erzählt?« Sie legt den Kopf schief.

»Nein, so dicke sind wir nicht mehr«, behaupte ich, was der Wahrheit allerdings näherkommt, als ich mir gewünscht habe. Wir wissen in der Tat nicht viel voneinander, und diese jüngste Information schockiert mich so sehr, dass ich beinahe froh bin, versetzt worden zu sein.

»Das ist wirklich schade«, beteuert Sophie mit mitleidig verzogener Schnute.

Ja, ja, du mich auch.

»Ich ... hab noch was zu tun.« Ich zeige mit dem Daumen zur Bar und drehe mich ohne ein weiteres Wort um. Ich kann dieses Gesicht einfach nicht mehr ertragen.

Bei einem der jungen Mädels bestelle ich einen Long Island Ice Tea. Den habe ich zwar noch nie getrunken, habe aber gehört, dass der ordentlich knallt. Ich fürchte, das brauche ich jetzt.

Als ich mich wieder von der Bar abwende, entdecke ich Mika in der Menge, der von vielen der Anwesenden freudig begrüßt wird.

So habe ich das in Erinnerung, er, der Jahrgangsliebling, ich, die graue Maus, die keiner wahrnimmt. Da passt nichts zusammen.

Für seinen großen Auftritt war ich ihm wohl nicht gut genug. Ist er deshalb zu spät gekommen? Um nicht mit mir gesehen zu werden? Aber warum zum Geier hat er mir die Pistole auf die Brust gesetzt, damit ich mitkomme? Um mich zu demütigen? Was soll das Ganze? Ich dachte, wir nähern uns wieder an. Wir haben uns geküsst! Okay, ich habe das Gespräch darüber vermieden und bin ihm aus dem Weg gegangen. Will er mir mit seiner Show heute Nachmittag sagen, dass er es nicht nötig hat, sich mit mir abzugeben, wenn ich ihm nicht gleich zu Füßen liege? So wie Sophie?

Warum, um Himmels willen, hat er mir verschwiegen, dass sie nach der Schulzeit zusammen waren? Warum war er überhaupt mit ihr zusammen? Mit dieser ...

Selten in meinem Leben war ich so wütend wie in diesem Augenblick. Auf Mika, auf Sophie, auf mich und das Schicksal. Ja, das Schicksal scheint mich nicht zu mögen. Irgendwas muss ich wohl falsch gemacht haben.

Warum tue ich mir das hier noch länger an? Warum stehe ich noch hier und starre Mika an, mit einem vollen Cocktail-Becher in der Hand?

Ich nehme einen großen Schluck, würge das hochprozentige Gesöff herunter und stelle es beiseite. Nein, meinen Frust werde ich ganz sicher nicht im Alkohol ertränken!

Gerade will ich die Flucht Richtung Ausgang ergreifen, als Mika registriert, dass ich auch da bin. Er entschuldigt sich offenbar bei seinen Freunden, lässt sie stehen und kommt zu mir herüber.

Also ... ist es ihm doch nicht peinlich, sich mit mir zu unterhalten? Oder ... Moment ... steht jemand hinter mir, dem in Wirklichkeit seine Aufmerksamkeit gewidmet ist?

Ich drehe mich um, kann aber niemanden erkennen, und bevor ich weiter mutmaßen kann, auf wen Mika da zusteuert, bleibt er direkt vor mir stehen, macht sich groß und verschränkt die Arme vor der Brust.

»Gut, dass ich dich noch treffe«, beginnt er. Sein nüchterner Tonfall und der frostige Gesichtsausdruck irritieren mich.

Eigentlich wollte *ich* doch sauer sein! Aber sein abweisendes Verhalten lässt die alte Unsicherheit hochkommen, die ich vor Jahren abgelegt zu haben glaubte.

Was ist denn nun kaputt?

»Wir waren verabredet«, erwidere ich kleinlaut. »Ich habe dir Nachrichten hinterlassen.«

»Ich war mir nicht sicher, ob du schon gegangen bist.«

»Ich verstehe nicht. Warum sollte ich? Du wolltest doch unbedingt mit mir hierher.«

»Ja, weil ich dir helfen wollte, über deinen Schatten zu springen. So wie ich dir immer helfen wollte. Zum Beispiel auch bei deiner Bewerbung.«

Verwirrt schaue ich ihn an. Weshalb erwähnt er die Bewerbung? Wovon spricht er, zum Teufel?

Mein Mund steht zwar offen, aber all die Fragen kommen mir nicht über die Lippen.

Mika greift nach einem Zettel in seiner Hosentasche, faltet ihn auseinander und hält ihn mir entgegen. Es ist das gefälschte Zeugnis meines Studienabschlusses, auf dem in Großbuchstaben das Wort ›Fake‹ geschrieben steht, und darunter: ›Prüf es nach.‹

»Von wem hast du das?«, krächze ich kaum hörbar.

»Spielt das eine Rolle?«

Ich weiß nicht, was ich sagen soll. Irgendjemand hat Mika gesteckt, dass ich betrogen habe. Sicher hat er nachgeforscht, ob das Zeugnis echt ist.

»Du hast dich mit falschen Papieren in der Firma meines besten Kumpels beworben? Du hast deinen Abschluss nur erfunden?«

»Ich ...«

»Das ist eine Straftat, Louisa! Urkundenfälschung! Und außerdem hast du mich belogen. Eiskalt. Wie stehe ich denn vor Hannes da, wenn ich ihm eine Kriminelle unterjuble?«

»Das war nicht so geplant!«

»Ach! Na, zum Glück! Also hast du das Zeugnis nur aus Versehen gefälscht?«

»Mika, ich kann dir das erklären.« Ich hebe meine Hand, um ihn zu berühren – um ihn zu beruhigen, doch er weicht zurück.

»Ich habe alles getan, um mir dein Vertrauen zurückzuverdienen, und du missbrauchst meines gnadenlos!«, speit er mir entgegen. Noch nie habe ich ihn so zornig erlebt. Noch nie hat er so mit mir gesprochen.

»Ich wollte nicht ...«

»Was? Dass ich es erfahre? Dann wäre alles gut, nicht wahr?«

»Nein. Glaub mir, ich schäme mich in Grund und Boden dafür. Ich wollte niemanden hintergehen. Ich war verzweifelt.«

»Ach, und das ist dann also ein triftiger Grund, deinen neuen Arbeitgeber zu bescheißen – und *mich* zu bescheißen?«

»Nein, dafür gibt es keinen überzeugenden Grund, und auch keine Entschuldigung.« Meine Stimme hat einen flehenden, fast weinerlichen Ton angenommen. Würden uns hier nicht zig ehemalige Mitschüler beobachten, hätte ich sicher schon losgeheult. Ob sie von unserer Unterhaltung überhaupt Notiz nehmen, weiß ich nicht, aber ich könnte wetten, dass zumindest eine Person sehr interessiert an unserem Streit ist. Mich nach ihr umzusehen, traue ich mich allerdings nicht. Ich muss das mit Mika wieder geradebiegen, bevor ich mich dieser Verräterin widme.

»Da hast du recht. Mir würde da momentan auch nichts Passendes einfallen.« Mikas Tonfall trieft vor Sarkasmus. Er ist so richtig angepisst, und ich habe keinen blassen Schimmer, wie ich ihn besänftigen kann. »Weißt du was, Louisa? Wir sollten diese Unterhaltung hier jetzt beenden. Ich hatte mich auf einen schönen Abend mit dir und all den anderen gefreut, aber die Lust darauf ist mir vergangen. Auf dich, meine ich.«

Ich nicke wortlos, rühre mich nicht, warte, dass er mich stehen lässt. Schon wieder. Aber diesmal habe ich es tatsächlich verdient.

»Ach so, eins noch«, fügt er an. »Ich erwarte, dass du die Sache aufklärst. Sollte das irgendwann herauskommen und Hannes mich verantwortlich machen, rede ich nie wieder ein Wort mit dir.« Dann dreht er sich um und peilt die Bar an.

Wie gelähmt bleibe ich stehen, meine Füße fühlen sich an, als steckten sie in Beton. Die Stimmen um mich herum verschwimmen, ich nehme keine klaren Worte mehr wahr. Mich würde es nicht wundern, wenn mir die Tränen über die Wangen laufen, aber selbst das merke ich nicht. Ich starre nur Mika hinterher, um den sich am Tresen bereits eine kleine Traube gebildet hat. Wie es scheint, redet keiner von seinen Freunden über den Vorfall, sie erzählen ihm lustige Geschichten und lachen dabei. Mika allerdings wirkt abwesend, sein Ausdruck ist verhärtet.

Ich habe ihn enttäuscht, maßlos enttäuscht, und ich kann verstehen, wenn er die Nase voll von mir hat.

Zum Glück für ihn ist die Person zur Stelle, nach der ich eben noch Ausschau halten wollte. Sophie streicht Mika über den Rücken, flüstert ihm etwas ins Ohr. Dann huscht ihr Blick zu mir, und ich meine, ein Lächeln auf ihren Lippen zu erkennen.

Das war doch nicht etwa sie ...

Diese Teufelin!

»Louisa?«, fragt jemand so klar und deutlich in meine Gedanken hinein, dass ich einen riesigen Schreck kriege und einen Schritt zur Seite weiche.

Gut, meine Beine sind noch intakt. Immerhin.

»Entschuldige, ich wollte dich nicht erschrecken«, fährt die kleine Blonde neben mir fort. Ihr freundlicher, aufgeschlossener Blick lässt meinen Herzschlag wieder einsetzen.

»Tut mir leid, ich war gerade in Gedanken«, entgegne ich, ohne mich an den Namen der jungen Frau zu erinnern. Ihr Gesicht kommt mir allerdings bekannt vor.

»Anna. Anna Bergner«, stellt sie sich netterweise noch einmal vor, und da dämmert es mir.

»Richtig, wir hatten zusammen Geschichte.« Ich merke, wie mein Lächeln zurückkehrt. Jemand erinnert sich an mich. Sogar an meinen Namen!

»Genau«, sagt Anna. »Ich saß eine Bank hinter dir und musste dich immer nach den Jahreszahlen fragen. Die konnte ich mir einfach nicht merken.«

»Das weiß ich noch.«

»Wie geht's dir denn?«

»Gut«, lüge ich, und meine Mundwinkel verkrampfen leicht. »Und selbst?«

Oje, was für ein belangloser Small Talk. Lass dir was Besseres einfallen, Lou. Das Mädel ist die einzige Person, die dich noch kennt, red mit ihr!

»Alles schick«, meint Anna. »Du siehst auch wirklich gut aus. Ganz verändert. So ... athletisch.«

Ich muss grinsen. »Du meinst, dass ich meinen siebzehn Jahre alten Babyspeck verloren habe?«

»Das hast du jetzt gesagt.«

»Na ja, ich hatte eine schwierige Phase als Teenager. Da habe ich aus Frust Vieles in mich hineingestopft.«

»Ja, deine Mutter ... Ich erinnere mich. Ich hab dir nie gesagt, wie leid mir das getan hat. Immer noch.«

»Schon gut. Was hättest du zu mir sagen sollen? Wir kannten uns zu dem Zeitpunkt ja nicht wirklich. Du warst damals in der A, richtig?«

»Japp. Trotzdem. Es war sicher nicht leicht für dich, das zu verkraften.«

»Man lernt, irgendwann damit zu leben.«

Auch wenn Anna und ich heute zum ersten Mal so lange miteinander sprechen, stört mich ihre Hand, die sie nun liebevoll an meinen Arm legt, nicht im Geringsten. Die Geste tut in diesem Fall sogar sehr gut.

Ich lächle sie dankbar an.

»Das Karatetraining hat dir sicher geholfen.«

Ungläubig lege ich den Kopf schief.

»Oh, habe ich da was verwechselt?«, fragt sie. »Hattest du nicht in der Zehnten mit Karate angefangen?«

»Doch, doch«, rufe ich beinahe aus. »Es ist nur so, dass das niemand zu wissen scheint. Sogar meine Schwester denkt, ich mache Kung Fu!«

»Ups«, macht Anna und kichert.

»Und? Was treibst du denn so? Wo wohnst du jetzt?«

»Immer noch in Lindenthal. Ich bin in der Goldschmiede meines Vaters eingestiegen.«

»Ach, du lebst noch in der Stadt? Das ist ja ein Zufall. Ich dachte, unseren Jahrgang hat es in alle Himmelrichtungen zerstreut.«

»Ich war ein Jahr in London. Das muss reichen. Jetzt bin ich wieder hier und designe sogar selbst Schmuck.«

Wo war dieses Mädel jahrelang? Warum zum Geier sind wir nie Freundinnen geworden?

»Ich bin auch nie aus der Stadt rausgekommen. Nicht mal aus meinem Elternhaus«, scherze ich, weil ich das Gefühl habe, vor Anna nicht auftrumpfen zu müssen.

»Echt schön, dich mal wiederzusehen«, sagt sie dann, was mein Herz wieder etwas auftauen lässt. Die frostige Stimmung zwischen Mika und mir hatte mir wirklich zugesetzt.

Dennoch bleibe ich nur noch zwanzig Minuten, stürze einen Becher Wasser hinunter, unterhalte mich mit Anna und spähe immer wieder durch die Aula nach Mika, der dauerhaft von Menschen umringt ist und mir ebenso gelegentlich einen Blick zuwirft, doch ist der weit weniger freundlich als meiner. Außerdem scharwenzelt Sophie unaufhörlich um ihn herum, was ich schließlich nicht mehr ertragen kann.

Nachdem wir unsere Handynummern ausgetauscht haben, verabschiede ich mich von Anna und flüchte auf dem schnellsten Weg raus aus der Aula, durch das Treppenhaus ins Freie.

Erst draußen lasse ich meinen Gefühlen freien Lauf, atme hektisch ein und aus, halte die Tränen nicht mehr zurück.

Ich habe es komplett versaut. Mika hat recht, ich habe sein Vertrauen missbraucht, obwohl er doch alles getan hat, um die Fehler der Vergangenheit zu korrigieren. Er wollte für mich da sein, mir zuhören, mir helfen. Und ich habe ihn verletzt. Sogar körperlich! Aber vor allem seine Gefühle.

Ob er mir das je verzeihen kann?

DREIZEHN

Verflixte Gefühle

Völlig übermüdet treffe ich im Büro ein, mache mir zunächst einen Kaffee und setze mich zu Marleen an den Empfang, da Hannes noch nicht da ist.

»Ich will dir nicht zu nahe treten, aber du siehst echt übel aus. Schlecht geschlafen?«

»Ich hatte einen beschissenen Samstag und habe seitdem kaum ein Auge zugemacht«, erwidere ich, ohne auf meine Wortwahl zu achten. Marleen ist locker, sie sieht es mir sicher nach.

»Willst du darüber reden?«

»Besser nicht, sonst mache ich noch irgendwas kaputt oder heule los. Ich finde, dafür arbeite ich noch nicht lang genug hier, um mir das leisten zu können.«

Marleen lächelt mich aufmunternd an. »Es gibt kein Problem, das sich nicht lösen lässt.«

»Tja, es ist leider echt kompliziert. Aber ich will nicht länger rumjammern. Hannes und ich haben ein großes Projekt vor uns.«

»Hast du dich also schon eingelebt?«

»Ja, Stück für Stück. Es ist alles ganz neu für mich.«

»Stimmt, eigentlich solltest du dich ja auf meinen Platz setzen.«

»Das tut mir echt leid, dass du weitersuchen musst. Ich schwöre, das war nicht meine Idee.«

»Passt schon. Sieh mal, ich habe noch ein paar vielversprechende Bewerbungen gespeichert.« Sie öffnet einen Ordner auf ihrem Computer, in dem sich mehrere PDF-Dateien befinden. Wir gehen zwei davon gemeinsam durch, bis Hannes das Foyer betritt.

»Guten Morgen«, begrüßt er uns fröhlich, hängt seinen Mantel an die Garderobe und wendet sich zunächst Marleen zu. »Irgendwelche Nachrichten?«

»Ihr Vater kommt heute erst um elf Uhr. Er hat einen Außer-Haus-Termin. Ansonsten ist bisher alles ruhig.«

»So kann eine Woche beginnen«, meint er und sieht dann mich an. »Wollen wir? Wir haben einiges zu tun. Ich habe am Wochenende ein paar Ideen gehabt, die ich gern in die Mindmap aufnehmen würde.« Euphorisch rauscht er am Tresen vorbei, den Flur entlang in sein Büro.

Ich schultere meine Tasche, greife nach meiner Kaffeetasse und beeile mich, ihm zu folgen.

»Alles klar bei dir? Du wirkst heute abwesend«, bemerkt Hannes nach der Mittagspause, als wir wieder in seinem Büro sitzen.

»Entschuldige, das tut mir echt leid. Kommt nicht wieder vor, ich reiße mich jetzt zusammen.« Ich setze mich gerade auf den Sessel lächle tapfer.

Tatsächlich würde ich mich lieber in die Ecke kauern und leise vor mich hin wimmern. Mein Herz schmerzt bei dem Gedanken an Mika, den ich am Sonntag heimlich durch unser Küchenfenster beobachtet habe. Einmal war er eilig ins Auto gesprungen und erst zwei Stunden später zurückgekehrt. Ein anderes Mal hat er den Müll rausgetragen, ein weiteres ist er mit dem Fahrrad davongefahren. Aber kein einziges Mal hat er in meine Richtung gesehen, hat unser Haus keines Blickes gewürdigt.

Seit er in der Stadt ist, war er jeden Tag herübergekommen, unter irgendeinem Vorwand, und wir haben kurz gesprochen, einen Kaffee getrunken oder waren sogar zusammen laufen.

Am Sonntag jedoch hat er offenbar keinen Gedanken an mich verschwendet. Zurecht.

»Zusammenreißen?«, unterbricht Hannes erneut meine Grübelei. »Ist etwas passiert?«

»Das gehört nicht hierher. Sorry für meine Abwesenheit.«

»Es ist okay. Wie ich schon sagte, offiziell bist du noch gar nicht da. Du tust mir hier einen Gefallen. Kann ich dir vielleicht auch helfen?«

Meine Kehle brennt, ich habe das Gefühl, gleich wieder losheulen zu müssen, wenn Hannes noch weiter darauf herumreitet. Gott, ich habe mich wieder in ein Häufchen Elend verwandelt, das bei jeder Gelegenheit Tränen vergießt.

»Nein, das ist unprofessionell von mir«, bringe ich gerade noch hervor.

Er sieht mich mitfühlend an. »Sei doch nicht albern. Wenn es dir nicht gut geht, solltest du vielleicht nach Hause gehen.«

»Nein, das ist lächerlich. Es ist alles in Ordnung.«

»Von mir aus. Aber du machst jetzt eine Pause, gehst raus und machst einen Spaziergang. Frische Luft tut immer gut.«

»Wir haben gerade erst Pause gemacht.«

»Keine Widerrede. Das ist eine Anweisung, klar?« Sein strenger Gesichtsausdruck passt nicht zu seinem Vorschlag, aber ich bin ihm dankbar für die Auszeit, die er mir anbietet.

Ich nicke wortlos und verlasse das Büro. Bei Marleen entschuldige ich mich für eine halbe Stunde und trete nach draußen in den kühlen Nieselregen. Das Wetter passt perfekt zu meiner Stimmung.

Nach dreißig Minuten Sauerstoff tanken kehre ich zurück und habe mich wieder gefangen. Halbwegs konzentriert arbeiten Hannes und ich bis in den frühen Abend hinein an unserem Projekt.

»Genug für heute«, sagt Hannes schließlich. »Wir müssen nun ohnehin auf die weiteren Infos vom Kunden warten. Lass uns Feierabend machen.«

»Das ist mir recht«, gebe ich zu und stoße gedehnt die Luft aus.

»Konntest du dich etwas ablenken?«, fragt Hannes. Er sortiert die Unterlagen auf dem Tisch und legt sie auf seinem Schreibtisch ab.

»Ja, passt schon.«

Abschätzend sieht er mich an und räuspert sich. »Ähm ... möchtest du mir vielleicht doch erzählen, was los ist? Wir sind nicht mehr im Dienst. Also ...«

»Ich weiß nicht, ob das so eine gute Idee ist.«

Das ist sogar eine ganz furchtbare Idee!

Ich kann Hannes ja schlecht sagen, dass Mika stinkesauer auf mich ist, weil ich Hohenstein Consulting mit meinem Studienabschluss getäuscht habe.

Aber ... vielleicht ist es eine Gelegenheit, Hannes die Wahrheit zu gestehen. Wir verstehen uns blendend, er scheint mich zu mögen. Möglicherweise kann ich ihm vorsichtig alles beichten. Immerhin arbeite ich ja regulär noch gar nicht hier, tue ihm einen Gefallen, wie er sagte. Und *noch* habe ich keinen Schaden angerichtet.

»Wenn dich etwas bedrückt, solltest du es rauslassen. Ich kann verstehen, wenn ich nicht der richtige Ansprechpartner für dich bin. Aber mit irgendjemandem musst du reden. Vielleicht ... mit Mika?«

Ich zucke zusammen, als Hannes seinen Namen ausspricht.

Er betrachtet mich aufmerksam, wartet offensichtlich auf eine Reaktion. Aber auf welche?

Checkt er ab, ob meine Laune etwas mit Mika zu tun hat? Ahnt er womöglich etwas?

Oh mein Gott, ich bin geliefert!

»Was meinst du, hättest du vielleicht doch Lust auf einen Feierabenddrink? Ganz locker. Und dann kannst du mir sagen, was dir auf dem Herzen liegt oder ... eben nicht.«

Einen Moment zögere ich, gebe mir dann aber einen Ruck und beschließe, Hannes meine Schandtat zu gestehen. »Okay, gehen wir was trinken.«

Hannes hat uns Cocktails bestellt, und obwohl ich nicht gern Alkohol trinke, habe ich bereits drei Viertel des Glases geleert, weil ich hoffe, endlich den Mut für meine Beichte zu finden. Allerdings haben wir uns bisher nur über Sport unterhalten – ein Thema, bei dem ich förmlich aufblühe. Ich habe ihm von meinem Job im Fitnessstudio erzählt, der mich nicht weitergebracht und den ich deshalb gekündigt habe. Er muss nicht wissen, dass ich rausgeflogen bin, und offenbar hat es Mika auch nicht ausgeplaudert.

Meine Beschäftigung als Karatetrainerin für Kinder fasziniert Hannes besonders.

»Mein Neffe ist vier und will unbedingt Karate lernen. Allerdings hält meine Schwester das noch für zu früh.«

»Grundsätzlich ist das nicht zu früh«, entgegne ich und trinke meinen Cocktail aus. »Wenn Kinder mit Spaß bei der Sache sind, ist das super. Sie nehmen ja noch nicht an Wettkämpfen teil. In den Anfängergruppen lernen wir erst mal grundlegende Dinge wie Koordination, Gleichgewicht und so etwas.«

»Klingt doch gut. Ich sage meiner Schwester, sie soll Emil mal zu dir schicken.«

»Das fände ich toll, allerdings wird mein Kinderkurs demnächst aufgelöst.«

»Was? Warum denn?«

»Die Nachfrage für die Ausrichtung meines Unterrichts ist zu gering. Die Karateschule will einen anderen Weg gehen.«

»Das ist ja schade.«

»Schon okay. Es hat jede Menge Spaß gemacht, aber ich möchte mich sowieso umorientieren.«

»Inwiefern?«

»Mein Ziel ist ein Sportstudium, darauf arbeite ich schon eine Ewigkeit hin«, plappere ich einfach los. »Und danach möchte ich mich selbstständig machen mit einem eigenen Studio für Sport und Ernährung für Kinder. Ich möchte Kurse in Selbstverteidigung geben und Kindern beibringen, wie sie mehr Selbstvertrauen erlangen.« Erst als ich in Hannes erstauntes Gesicht blicke, stoppe ich und beiße mir auf die Lippen. »Also ... das war so eine Spinnerei ... weißt du? Bevor ich den Job bei euch angenommen habe.«

Er grinst. »Die Interessen einer Unternehmensberatung und die eines Kinder-Selbstfindungs-Zentrums gehen sehr weit auseinander. Entweder bist du sehr vielseitig oder ...«

Beschämt setze ich mein inzwischen leeres Glas noch einmal an und schlürfe die geschmolzenen Überreste der Eiswürfel heraus.

Hannes hält wortlos die Hand in Richtung des Barkeepers hoch und bestellt offenbar weitere Drinks.

»Oh nein, ich möchte keinen mehr«, protestiere ich, doch er schüttelt nur amüsiert den Kopf.

»Nun ja, ich dachte, ich bekomme vielleicht noch ein paar Wahrheiten aus dir heraus.«

Erschrocken reiße ich die Augen auf und schlucke schwer. Ahnt er doch etwas? Möchte er es mir so leichter machen, alles zu gestehen?

»So war das nicht gemeint«, beschwichtigt er mich jedoch und lacht dabei. Dann legt er eine Hand auf meinen Arm. »Das war ein Scherz. Und ich bin auch nicht beleidigt, dass die Arbeit bei uns nicht dein Traumjob ist. Es ist nur gut zu wissen, dass du uns möglicherweise nicht für immer erhalten bleibst. Darauf können wir uns ja einstellen.«

»Oh mein Gott, ich wollte wirklich nicht, dass du denkst, der Job ist nur eine Notlösung. Es macht wirklich, *wirklich* Spaß ... auch wenn ich noch nicht viel gemacht habe. Das mit dem Studium und der Selbstständigkeit wird sowieso immer ein Traum bleiben.«

Nun lächelt er sanft. »Nur die Ruhe, ich drehe dir keinen Strick daraus. Ich wollte auch immer Astronaut werden, dennoch hat mein Vater mir das nie übel genommen.«

Öhm, dass mein Ziel, Kinder zu unterstützen, in seinen Augen genauso abwegig klingt wie sein Traum, ins Weltall zu fliegen, sollte mich eigentlich kränken, aber ich belasse es dabei. Ich bin ohnehin schon zu tief ins Fettnäpfchen gehüpft, ich lasse ihn mal in dem Glauben, dass diese zwei Wünsche absolut vergleichbar sind.

Ich bin nur froh, dass sich meine Vermutung nicht bestätigt hat, er wüsste bereits Bescheid. Obwohl ... wenn er etwas ahnen würde, wäre es nicht so schwer.

Unsere Cocktails werden geliefert. Hannes nimmt sie dankend entgegen und stellt mir meinen vor die Nase.

»Einigen wir uns darauf, dass du dich erst einmal bei uns einlebst, und solltest du irgendwann das Bedürfnis haben, deine Träume zu verwirklichen, sagst du uns rechtzeitig Bescheid. Okay?«

Puh, das klingt schon besser. Allerdings ... wie sage ich ihm jetzt noch, dass ich ihn beschissen habe? Er ist so nett zu mir, verteidigt sogar meine Avancen, dem Unternehmen in Zukunft wieder untreu zu werden ... Er wird mich in der Luft zerreißen. Oder?

Aber Mika hat verlangt, dass ich die Wahrheit sage. Sonst macht er es sicherlich! Wenn ich es nicht tue, redet er nie wieder ein Wort mit mir. Ich muss das wieder in Ordnung bringen. Ich kann nicht riskieren, ihn zu verlieren. Wir haben uns gerade wieder angenähert, ich will ihn kein zweites Mal verlieren.

Ich sauge nun doch einen großen Schluck des blauen Cocktails durch den breiten Strohhalm und zupfe nervös an der Serviette, die sich durch die Feuchtigkeit des Glases bereits halb aufgelöst hat.

»Dafür, dass du keinen Drink wolltest, schmeckt es dir wohl doch erstaunlich gut, hm?«, sagt Hannes lachend, leert auch sein Glas, schiebt es beiseite und rückt das frische vor sich auf dem Tisch zurecht.

»Ich trinke wirklich nicht oft, aber ich bin heute nicht ganz bei mir. Die letzte Woche war wirklich hart.«

»Oh«, macht Hannes und verzieht entschuldigend den Mund.

»Nein, nicht wegen unseres Projekts«, rudere ich schnell zurück. Meine Güte, der muss ja denken, ich bin das reinste Wrack und schaffe es nicht mal eine Woche einer geregelten Arbeit nachzugehen. »Das Wochenende war nicht sonderlich entspannt, und es gibt privat einige ... Ach, das gehört nicht hierher. Tut mir leid.«

»Wir sind nicht mehr im Büro. Das hier ist Freizeit. Du kannst mir ruhig sagen, wenn dich etwas bedrückt.«

»Du bleibst aber trotzdem mein Chef.«

Er lockert seine Krawatte, zieht sie sich über den Kopf und stopft sie in die Tasche seines Jacketts, das er über den Stuhl gehängt hat. Als er dann noch die zwei oberen Knöpfe seines Hemdes öffnet, hebe ich die Hand.

»So weit sind wir noch nicht«, kichere ich. Oje, der Alkohol wirkt offensichtlich.

Hannes feixt. »Keine Sorge, den Rest hebe ich mir für später auf.«

Ich sehe ihn mit großen Augen an und muss mir mühsam das Lachen verkneifen.

»Entschuldigung ... da spricht der Cocktail aus mir. Ich schwöre!«, beteuert er.

»Du verträgst wohl auch nichts?«

»Ich trinke sehr selten.«

Oh, er wird mir gleich sympathischer!

»Ich auch«, gebe ich zu. »Ich weiß nicht, wann ich das letzte Mal überhaupt Alkohol getrunken habe. Deshalb nimm mich bitte heute einfach nicht mehr ernst. Ich befürchte, dass ich albern werde.«

»Ich finde das sehr charmant«, erwidert er mit rauer Stimme.

»Nein, das ist nicht charmant, glaub mir. Ich erzähle manchmal den größten Blödsinn, gebe mit irgendwelchen Sachen an, die ich gar nicht gemacht habe.«

»Ach ja? Was denn zum Beispiel?« Er rückt ein Stück näher.

»Dass ich schon zweimal verhaftet wurde ... zum Beispiel.«

»Das kann gar nicht sein. Du bist doch ein Engel.«

Ich grinse dümmlich. »Sag ich ja. Total verrückt ... Oder ich schlafe einfach ein. Du weißt ja, wo ich wohne. Leg mich einfach vor der Tür ab, das geht in Ordnung ... Manchmal plappere ich aber auch und plappere und plappere ...«

Plötzlich ist sein Gesicht ganz nah, ich kann seinen Atem auf meiner Haut spüren. Hannes Blick ist auf meinen Mund gerichtet.

Verdammt, was machen wir denn da?

Bevor ich mir selbst eine Antwort geben kann, liegen seine Lippen auf meinen, ganz sanft fragen sie um Erlaubnis für diesen Kuss. Trotz der Wärme in meinem Bauch, die von dort aus in alle Richtungen meines Körpers strömt, muss ich mir eingestehen, dass das ganz und gar nicht okay ist.

Für den Bruchteil einer Sekunde habe ich seinen Lippen nachgegeben, schiebe ihn dann aber behutsam von mir.

»Hannes, das geht nicht ... Du bist mein Chef ... und ich ... Das ist nicht richtig.«

Mit beiden Händen reibt er sich übers Gesicht. »Du hast recht. Es tut mir leid. Ich habe die Situation ausgenutzt. Das ist absolut unentschuldbar.«

»Nein, mach dich nicht verrückt. Ist okay, wirklich.«

»Ich wollte dich nicht bedrängen.«

»Hast du nicht. Vergessen wir das einfach, in Ordnung?«

Hannes nickt, doch ich habe das Gefühl, dass es ihm nicht gleichgültig ist. Er wirkt enttäuscht. Aber ich kann mich doch nicht auf meinen Chef einlassen. Nach ein paar Tagen. Ohne überhaupt schon offiziell im Unternehmen zu arbeiten. Auch wenn er wirklich sehr nett zu mir ist ... und charmant ... und verdammt gut aussieht ...

Verflucht, er ist wirklich attraktiv! In seinen blauen Augen könnte ich mich glatt verlieren, dieser Dreitagebart ist so sexy ... *Konzentration, Lou!*

Mein Herz schlägt doch eigentlich für Mika, wenn ich mal ehrlich zu mir selbst bin. Es tut schrecklich weh, dass er so sauer auf mich ist. Ich muss das aus der Welt schaffen. Aber nicht heute. Wenn ich Hannes jetzt auch noch an den Kopf knalle, dass ich ihn belogen habe, kann ich die Stelle vergessen. Genauso, wenn ich jetzt irgendetwas mit ihm anfange und es geht schief.

Keine gute Idee.

Schlagartig bin ich wieder ganz klar im Kopf. Ich muss mich auf die Liste konzentrieren, die ich mit Nina aufgestellt habe, und sollte die Punkte abhaken, statt immer neue hinzuzufügen.

VIERZEHN

Verräter

Zögerlich stehe ich vor der Haustür und kann mich nicht überwinden zu klingeln. Noch einmal atme ich tief durch und tue es doch. Ohne Nachfrage durch die Sprechanlage - obwohl ich mich gar nicht angekündigt habe - höre ich den Summer und drücke die Haustür auf.

Vielleicht ist er auch gar nicht da?

Na, was soll's. Das war ohnehin eine Kurzschlussreaktion, und wenn ich ihn nicht antreffe, dann wollte es das Schicksal eben so.

Bevor ich den letzten Treppenabsatz hinter mir gelassen habe, grinst er mir allerdings schon an der Wohnungstür entgegen, die blonden Locken hängen ihm wild in die Stirn.

»Louisa? Was verschafft mir die Ehre?«

Als ich oben angekommen bin, presse ich die Lippen aufeinander und verziehe gequält das Gesicht.

»Du siehst aus, als könntest du einen Tee gebrauchen.«

Angewidert rümpfe ich die Nase.

Paul lacht. »Komm rein, ich mach dir einen Kaffee. Das kann ich jetzt. Oder lieber einen Sekt?«

»Am liebsten beides!«

»Kommt sofort.« Mit einer leichten Verbeugung verweist er mich in sein Zimmer und eilt in die Küche.

Tatsächlich kommt er nur Augenblicke später mit einer Tasse und einem Glas zurück.

»Das mit dem Sekt war zwar ein Scherz, aber danke.«

»Den hab ich vorhin im Kühlschrank gefunden. Ist noch vom Wochenende übrig. Falls er also nicht mehr perlt ... sorry.«

»Schon gut, danke.« Ich schiebe das Glas auf seinem Schreibtisch ein wenig von mir und widme mich zunächst dem Kaffee. Zwar ist es fast acht Uhr abends, aber ich brauche jetzt Koffein.

»Also, was ist los?«, fragt Paul, als er sich im Schneidersitz auf sein Bett hockt.

»Das Leben ist los!«

»Wem sagst du das? War doch keine so gute Idee, deinen Lebenslauf zu frisieren?«

»Das auch. Im neuen Job läuft es zwar gut, aber ich gehe jeden Tag mit einem so schlechten Gewissen ins Büro, dass ich nicht weiß, wie lange ich das noch aushalte.«

»Shit. Das war nicht meine Absicht.«

»War ja nicht deine Entscheidung ... Aber, deswegen bin ich gar nicht da. Ich wusste nicht ... wo ich sonst hin soll.« Ich starre verlegen auf meine Finger, die krampfhaft die Kaffeetasse umschließen.

»Was ist passiert?«, fragt er erneut, aber ohne eine Spur von Ungeduld.

Ich hasse es, wenn man jemandem jede Information aus der Nase ziehen muss. Selbst bin ich offensichtlich jedoch nicht besser.

»Mein Freund Mika hat herausgefunden, dass ich den Studienabschluss gefälscht habe und ist deshalb stinksauer auf mich. Wir haben uns gezofft, jetzt redet er nicht mehr mit mir. Er hat mir die Stelle besorgt, weißt du noch?«

»Hm«, macht Paul nur.

»Er verlangt, dass ich das alles aufkläre, weil mein neuer Chef sein bester Kumpel ist.«

»Das ist ja doof.«

»Das ist mehr als doof! Das ist eine Katastrophe! Wenn ich Hannes die Wahrheit sage, kann ich den Job knicken. Ich brauche ihn. Du erinnerst dich? Ich habe im Müll gewühlt, um unseren Kühlschrank zu füllen. Das wollte ich eigentlich nie wieder tun müssen!«

Pauls Gesicht nimmt einen mitleidigen Ausdruck an.

»Aber wenn ich es nicht tue, wird mir das Mika sicherlich nie verzeihen. Ich habe also die Wahl zwischen Pest und Cholera.«

»Jetzt übertreib mal nicht.«

»Ich sage dir, das war diese durchtriebene Schlange Sophie, die mich bei ihm verraten hat. Dass ich verhaftet wurde, hat sie nur Stunden später meinem ehemaligen Chef weitergetratscht. Die Frau hat keinerlei Skrupel.« Verärgert nehme ich einen viel zu großen

Schluck von dem heißen Kaffee und fluche in mich hinein. »Oh mein Gott!« Ich stelle meine Tasse beiseite und starre einen imaginären Punkt an der Wand an. Dann sehe ich zu Paul, der mich erschrocken betrachtet. »Was ist, wenn sie mich auch bei Hannes verpfeift?«

»Ähm ...«

»Scheiße! Dann verliere ich meinen Job und Mika gleich dazu!«

»Dann solltest du es diesem Hannes lieber selbst erzählen.« Er zuckt ratlos mit den Schultern. »Bevor sie dir zuvorkommt.«

»Wollte ich ja gestern, aber dann habe ich gekniffen. Oh Mann, stattdessen habe ich ihn geküsst.« Voller Scham verberge ich mein Gesicht in den Handflächen.

»Du hast was?!« Die Lautstärke seiner Stimme lässt mich zusammenzucken.

»Na ja, eigentlich hat er mich geküsst«, sage ich kleinlaut. »Ich hab's zugelassen ... aber nur für einen winzigen Moment. Dann sagte ich, dass das keine gute Idee ist.«

»Da muss ich dir recht geben.«

»Ja, das war total blöd, aber es ging ja von ihm aus. Ist doch jetzt auch egal. Viel schlimmer ist diese Plage namens Sophie! Die muss ich loswerden.«

»Wie stellst du dir das vor?«

»Du bist doch das kriminelle Superhirn. Können wir sie nicht irgendwie verschwinden lassen?«

Skeptisch schiebt Paul eine Augenbraue nach oben.

»Ach, habe ich schon erwähnt, dass sie Polizistin ist?«, schiebe ich hinterher.

»Na, klasse! ... Louisa, hör mal.« Er nimmt auf dem Kinderschreibtischstuhl Platz - weil ich diesmal auf seinem Sessel sitze - und rückt näher an mich heran. »Wir können keine Polizeibeamtin beiseiteschaffen. Wir sollten überlegen, wie wir dein Problem anders aus der Welt räumen, meinst du nicht auch?«

»Nein! Ich habe die Schnauze voll. Dieses Weibsstück versaut mir nicht auch noch den Rest meines jämmerlichen Lebens! Ich habe wirklich genug davon, von jedem rumgeschubst zu werden und mein Schulbrot auf der Kellertreppe essen zu müssen!«

Paul kommt endgültig nicht mehr hinterher, ich kann's verstehen, aber die Worte sprudeln nur so aus mir heraus.

»Diese Jahrgangsterroristin haut mich nicht noch einmal in die Pfanne! Die mach ich fertig.«

Als ich entschlossen von meinem Stuhl aufspringe, stellt sich Paul mir entgegen, hält mich an den Oberarmen fest und sieht mich eindringlich an.

»Ganz ruhig, Lou, glaub mir, egal, was du vorhast, das geht sicher nach hinten los.«

»Ich will sie auf der Schultoilette heulen sehen!«

»Ich habe nicht den leisesten Schimmer, von was du sprichst, aber komm jetzt wieder runter. Egal, was für Drogen du nimmst.«

»Ich nehme keine Drogen.«

»Bist du sicher? Du bist total daneben.«

»Wie bitte?«, blaffe ich ihn an. »Die Einzige, die total daneben ist, ist Sophie. Sie ist ein bösartiges Miststück, was ich ihr jetzt sagen werde ... Lass mich vorbei!«

»Louisa!«

»Was?«

»Jetzt warte. Du kannst nicht ...«

»Ich kann was nicht?«

»*Ich* habe es ihm gesteckt!«

Abrupt höre ich auf, mich gegen ihn zu wehren, starre ihn nur ungläubig an. Habe ich das eben richtig verstanden?

Ich lege meinen Kopf schief.

Kraftlos lässt Paul die Arme sinken, blickt mich schuldbewusst an und wiederholt: »Ich habe Mika einen anonymen Hinweis gegeben, dass dein Abschlusszeugnis nicht echt ist.«

Wow!

Wow, kann ich nur denken, nicht einmal aussprechen, so sehr schockiert mich diese Aussage. Ich mache den Mund auf, aber nicht ein Ton kommt heraus.

Nach einer Weile hebt Paul die Hand, will mich wahrscheinlich berühren, um zu sehen, ob ich noch lebe, doch ich weiche zurück.

»Louisa, es tut mir leid. Ich wollte nicht ...«

»Hör auf!«

»Ich war nur so ...«

»Hör auf!«, unterbreche ich ihn erneut. »Ich will es nicht hören.«

In aller Seelenruhe trinke ich meinen Kaffee aus, schultere meine Tasche und verlasse das Zimmer. Zu seinem Glück startet Paul nicht noch einmal einen Versuch, mir irgendetwas zu erklären, sonst verliere ich gewiss doch noch die Beherrschung. Er lässt mich gehen.

Vor der Haustür beginne ich schwer zu atmen, weiß gar nicht, wohin mit meiner Wut.

Wie konnte er mir das bloß antun? Was fällt diesem kleinkriminellen Taugenichts ein, mich so vor meinem besten Freund zu kompromittieren? Hat der noch alle Nadeln an der Tanne?

Eher nicht!

Ich fasse es nicht. Nicht einmal zwei Wochen kenne ich diesen Typ, und der liefert mich schon ans Messer. Was ist das nur für ein Mensch?

Ich hätte auf mein erstes Bauchgefühl hören und nicht einem Wildfremden vertrauen sollen. Wie konnte ich nur so blöd sein? Ich?! Die seit der Schulzeit keinem wirklich vertraut hat.

Ich sollte schleunigst zu meinem Grundsatz zurückkehren, mich nur auf mich selbst zu verlassen.

Mit einem Groll im Bauch, wie ich ihn noch nie in meinem Leben verspürt habe – ein Groll auf Paul, auf mich, auf die Welt – fahre ich nach Hause, stampfe den kleinen Gehweg zum Haus entlang, öffne die Tür und schmeiße sie gleich darauf hinter mir zu. Mir ist es scheißegal, ob ich jemanden wecke oder ob deshalb jemand böse auf mich ist.

»Lou?«, höre ich meine Tante aus der Küche rufen.

»Ja«, antworte ich genervt und bleibe in der Küchentür stehen.

Nina sitzt vor ihrem Laptop am Tresen und sieht mich fragend an. »Alles in Ordnung? Du bist spät dran.«

»Ich bin dreiundzwanzig Jahre alt und zahle die Raten für dieses Haus. Ich denke nicht, dass ich irgendjemandem Rechenschaft ablegen muss, wann ich nach Hause komme oder ob ich nach Hause komme.«

»Eine Erklärung habe ich nicht verlangt«, sagt sie verwundert. »Ich habe mir nur Sorgen gemacht.«

»Auch das ist nicht nötig. Ich bin erwachsen.«

»Das weiß ich. Und offenbar äußerst gereizt. Willst du darüber reden?«

»Nein!«

»Hey!«, schimpft sie plötzlich und zieht die Brauen zusammen. »Lass es nicht an mir aus! Sei von mir aus stinkig, aber ich bin sicher nicht der Grund dafür.«

Verdammt! Sie hat recht.

Verzweifelt seufze ich auf und lasse mich ihr gegenüber auf einen Barhocker fallen. Ich verschränke meine Arme auf der Platte und lege meine Stirn darauf.

»Wir müssen meine Liste erweitern«, nuschle ich auf den Tresen. »Kuss mit dem Chef und Freundschaft mit Mika zerstört.«

Einen Augenblick herrscht Stille und ich linse über meine Ärmel hinweg zu Nina. Ihr Gesichtsausdruck zeigt Unverständnis.

»Moment mal, du hast nicht ernsthaft den alten Hohenstein geküsst«, hakt sie angewidert nach.

»Was? Nein! Hannes! Ich habe Hannes geküsst ... Nein, er hat *mich* geküsst.«

»Wieso? Was habt ihr gemacht?«

»Wir? Gar nichts. Das ist doch nicht auf meinem Mist gewachsen. Wir waren was trinken, haben uns unterhalten, und dann ...«

»Louisa! Du arbeitest nicht mal eine Woche dort und gehst mit ihm was trinken? Allein?«

»Ja.«

Nina rollt mit den Augen und umrundet den Tresen. Sie setzt sich auf den Barhocker neben mich und legt einen Arm um meine Schultern. »Sorry, das sollte kein Vorwurf sein«, sagt sie wieder ruhiger. »Und dieser Kuss, hat der etwas mit der zerstörten Freundschaft zu Mika zu tun?«

»Nein, andersrum. Er war wahrscheinlich die Konsequenz daraus. Ich war verzweifelt, traurig, verletzt wegen Mika. Vielleicht habe ich es deshalb zugelassen.«

»Was ist denn passiert? Bist du deshalb seit dem Klassentreffen so durch den Wind? Ist etwas vorgefallen?«

Ich sehe Nina traurig an. »Ja. Er hat von meinem Schwindel bei der Bewerbung erfahren und redet jetzt nicht mehr mit mir.« Dann erzähle ich ihr den Rest der Geschichte, von meinem peinlichen Ausrutscher mit Hannes, von meinen falschen Anschuldigungen gegenüber Sophie, von Pauls Verrat.

Es wird immer schlimmer statt besser. Ich hatte vor, mein Leben zu ordnen und nicht, von einer Katastrophe in die nächste zu stolpern. Offensichtlich ziehe ich das Chaos magisch an.

Obwohl Nina nicht wirklich eine Lösung für mich hat, beruhigt mich das Gespräch mit ihr wieder ein wenig. Sie hört mir zu. Das reicht schon, um die Gedanken in meinem Kopf neu zu sortieren.

»Und dieser Paul hatte sicher einen Grund, dein Geheimnis zu verraten«, sagt sie schließlich.

»Auf wessen Seite stehst du eigentlich?«, rege ich mich auf. »Bis eben konnte ich dich gut leiden.«

Ninas Mundwinkel zucken. »Zugegeben, der Grund wird nicht besonders gut sein. Denn das war wirklich hinterhältig. Aber ich bin mir sicher, dass noch etwas dahintersteckt, und das solltest du dir vielleicht anhören.«

»Ich gehe ganz sicher nicht auf ihn zu.«

»Musst du auch nicht. Wenn er sich entschuldigen möchte, hör ihm zu. Du musst ihm weder vergeben noch sein Motiv verstehen. Aber du solltest es dir anhören. Glaub mir, du fühlst dich dann besser.«

»Da bin ich mir zwar noch nicht so sicher, aber okay, ich tue es. Allerdings ... nur, wenn *er* sich rührt. Ich bin erst mal fertig mit ihm. Überhaupt bin ich jetzt fix und fertig. Ich sollte schlafen gehen.«

»Tu das, ich arbeite noch ein bisschen weiter.« Sie gibt mir einen Kuss auf die Stirn und setzt sich dann wieder hinter ihren Laptop.

»Danke, Nina, fürs Zuhören.«

»Kein Ding«, sagt sie lächelnd.

Während ich die Stufen nach oben gehe, merke ich, wie erschöpft ich bin. Ich bringe gerade noch die Energie auf, meine Zähne zu putzen und den Pyjama anzuziehen, dann falle ich entkräftet ins Bett.

Allerdings wälze ich mich bloß hin und her, kann nicht wirklich Ruhe finden.

Irgendwann nicke ich weg, um gefühlt nur Sekunden später von einem Blaulicht vor meinem Fenster geblendet zu werden. Schläfrig versuche ich die Augen zu öffnen.

Woher kommt das?

Noch bevor ich mich in eine aufrechte Position gekämpft habe, höre ich Autotüren, die zugeschlagen werden, und das Aufheulen eines Motors.

Nur wenige Momente später reißt Nina meine Zimmertür auf. »Louisa, tut mir leid, aber du solltest mitkommen!«

FÜNFZEHN

Alte und neue Wunder

Nur in meinen Schlafshorts, Gartenschuhen und in einen dicken Pullover gehüllt stehe ich mit Nina, meinem Vater und Marie vor der Haustür und beobachte, wie auch der Notarztwagen davonfährt.

Gegenüber im Gartentor entdecke ich Mika, der völlig aufgelöst zu uns rüber blickt.

Zögerlich gehe ich auf ihn zu. Als er keine Anstalten macht, vor mir zu flüchten, werden meine Schritte entschlossener, bis ich schließlich vor ihm stehe und ihm in die Augen sehe. Sie glänzen, haben einen nervösen, sorgenvollen Ausdruck.

»Was ...?« Weiter komme ich nicht. Ich breche ab, kann nicht fragen, was ich eigentlich fragen möchte.

Mika schaut an mir vorbei, blinzelt. Eine Träne bahnt sich ihren Weg über seine Wange und verliert sich in den Stoppeln, die er offenbar seit Tagen nicht gekürzt hat.

»Dein Vater?«, bekomme ich nun doch noch über die Lippen, muss es einfach wissen.

Er nickt und schluckt schwer. »Meine Mutter begleitet ihn ... Es sieht nicht gut aus.«

»Kann ich irgendetwas tun?«

»Ich muss ins Krankenhaus. Kannst du fahren? Ich glaube, ich schaffe das nicht.«

»Natürlich. Ich ziehe mir schnell eine Jeans über. Aber ... unser Auto ist in der Werkstatt.«

»Wir nehmen meins.«

»Gut. Ich bin sofort zurück, okay?«

Wieder nickt er abwesend. »Ich muss Jonah anrufen. Er weiß es noch nicht.«

»Soll ich ...?«

»Nein, ich mach das. Beeil dich. Ich hole die Autoschlüssel.«

Mit Schallgeschwindigkeit flitze ich zu uns rüber, gebe meiner Familie ein kurzes Update und schlüpfe in meinem Zimmer in Hose und Shirt, im Flur in die Ballerinas und schnappe mir meine Jacke und meine Tasche vom Garderobenhaken.

Mika wartet bereits vorm geöffneten Garagentor und übergibt mir die Schüssel, als ich bei ihm bin. Wortlos steigen wir ein, ich starte den Motor und fahre das Auto aus der Garage.

Die ganze Fahrt über herrscht eine unheimliche Stille. Mika ist sicher zu aufgewühlt, und ich traue mich nicht, ein unverfängliches Gespräch anzufangen. Was sollte ich auch zu ihm sagen? Ihm Hoffnungen machen? Ich hab ja keine Ahnung, wie es seinem Vater geht. Soll ich ihm sagen, wie schrecklich leid es mir tut? Das könnte falsch rüberkommen. Vielleicht ist es nicht so dramatisch, wie es ausgesehen hat.

Möchte Mika überhaupt reden? Oder will er lieber in Ruhe seine Gedanken ordnen?

So schweigen wir, bis wir die Haltebucht vorm Eingang des Krankenhauses erreicht haben.

»Geh schon rein, ich suche einen Parkplatz ... Soll ich nachkommen?«

Einen Augenblick sieht Mika mich nachdenklich an, und ich befürchte schon, dass ich etwas Falsches gesagt habe, dann flüstert er: »Das wäre schön.«

Ich schenke ihm ein kleines Lächeln, dann springt er aus dem Wagen und eilt auf den Eingang zu.

Nachdem ich das Auto in eine Parklücke im krankenhauseigenen Parkhaus manövriert habe, steuere auch ich den Empfang an, um herauszufinden, wo ich hinmuss.

Siegfried ist noch in der Notaufnahme, also hetze ich in den Wartebereich und entdecke Mika und Anni, die sich in den Armen liegen. Anni schluchzt.

Verdammt. Das sieht nicht gut aus.

Langsam gehe ich auf die beiden zu, halte aber diskret Abstand, damit sie selbst entscheiden können, ob sie meine Nähe gerade ertragen können oder nicht.

Als sie mich bemerken, lösen sie sich voneinander. Annis Augen sind rot und verquollen, ihre Wangen sind feucht von ihren unzähligen Tränen.

Nur zufällig nehme ich Mikas leichtes Kopfschütteln wahr und reiße die Augen auf.

Oh nein!

Nein!

Nein!

Nein!

Das darf nicht wahr sein!

Er hat es nicht geschafft? Das kann nicht sein!

Vor anderthalb Wochen erst haben wir gemeinsam gegrillt, gegessen und gelacht. Er wirkte stabil. Aber möglicherweise ging es ihm schlechter, als er zugeben wollte.

Es waren Siegfrieds letzte Tage, und ich habe sie damit verbracht, mich mit seinem Sohn zu streiten. Wie konnte ich nur so unsensibel sein? Sicher hatte er etwas mitbekommen, sicher war er traurig darüber, weil wir uns wirklich sehr mochten. Ich habe ihn nicht noch einmal besucht, konnte mich nicht verabschieden. Weil ich zu sehr mit mir selbst und meinen eigenen Problemen beschäftigt war, habe ich nicht mitbekommen, wie sein Leben zu Ende ging. Wie kann ich mir das jemals verzeihen?

Ungeduldig warte ich am Küchenfenster darauf, dass sich gegenüber etwas regt. Drei hastig hintergekippte Kaffee später biegt Jonahs Auto in die Einfahrt ein und Anni, Mika und Jonah steigen aus. Mika stützt seine Mutter, sie sieht sogar von Weitem furchtbar aus. Abgekämpft, müde und am Boden zerstört.

Sofort stürze ich zur Haustür und reiße sie auf. Ich stoppe an unserem Gartenzaun, zögere, ob ich zu ihnen hinübergehen soll.

Ist es angebracht, mein Beileid auszusprechen? Wollen sie das überhaupt? Ich habe nicht die leiseste Ahnung, wie ich mich verhalten soll.

Mika nimmt mir die Entscheidung zum Glück ab. Er bemerkt mich und raunt seinem Bruder etwas zu, der Anni ins Haus begleitet. Mit den Händen in den Hosentaschen und gesenktem Kopf geht er über die Straße, passiert unser Gartentor und bleibt vor mir stehen.

Seine Augen sind gerötet. Obwohl ich keine Tränen sehe, weiß ich, dass er geweint hat.

Ohne ein Wort nimmt er mich in seine Arme, stützt sich auf meinen Schultern ab und atmet schwer ein und aus.

»Es tut mir so schrecklich leid, Mika«, flüstere ich.

Er schweigt.

»Ich weiß nicht, was ich sagen soll«, gebe ich zu.

»Du musst nichts sagen, es reicht, dass du da bist.«

Nun schießen *mir* die Tränen in die Augen. Zwar sieht er es nicht, weil er mich noch immer festhält wie einen Rettungsring, doch auch ein Aufschluchzen kann ich mir nicht verkneifen. »Tut mir leid.«

»Nein«, nuschelt er in meine Haare. »Entschuldige dich nicht. Du darfst doch auch traurig sein.«

»Ich weiß, aber ... ich möchte dir irgendwie helfen.«

»Das tust du doch.« Er löst sich von mir und sieht mir in die Augen. »Es tut gut, nicht allein zu sein. Und ... ich will nicht taktlos sein, aber ... es tut gut, jemanden zu haben, der es versteht.«

»Ich weiß, was du sagen willst. Es ist okay.«

»*Ich* muss mich entschuldigen«, meint er nun.

»Wofür?«

»Für damals.«

»Das hast du doch schon tausendmal.«

»Ja, schon, aber ich habe das Gefühl, dass meine Entschuldigungen nichts wert waren. Ich konnte nicht nachvollziehen, wie es dir damals ging.«

»Das ist doch Blödsinn. Ich war nur zu stolz oder zu stur, deine Entschuldigung anzunehmen. Ich habe mich zu sehr selbst bemitleidet. Dabei wollte ich nicht einsehen, dass du damals dein Bestes gegeben hast, das du eben tun konntest. Ich habe zu viel verlangt.«

»Nein, du hattest schon recht. Ich habe dich alleingelassen.«

»Aber ich habe es dir zu schwer gemacht. Du warst ein Teenager und hattest keine Ahnung, wie du dich verhalten solltest. Genau wie ich jetzt auch. Ich weiß nicht, was ich tun kann. Und ich verstehe jetzt, wie hilflos du dich damals gefühlt haben musst.«

Mika schenkt mir ein trauriges Lächeln, dann umarmt er mich erneut.

Eine Weile stehen wir stumm in unserem Garten und lauschen den Vögeln, die schon längst aus ihrer Nachtruhe erwacht sind und ein fröhliches Gezwitscher angestimmt haben, als ob nichts passiert wäre. Wir nehmen die Geräusche der langsam erwachenden Nachbarschaft wahr. Menschen, die von dem nächtlichen Drama nichts mitbekommen haben, steigen in ihre Autos und fahren zur Arbeit. Sie gehen mit dem Hund spazieren oder beginnen ihre morgendliche Joggingrunde. Alles ist wie immer. Aber unsere Welt steht in diesem Moment still.

»Es tut mir leid, was ich beim Klassentreffen zu dir gesagt habe«, flüstert mir Mika schließlich mit brüchiger Stimme ins Ohr.

»Wir müssen jetzt nicht darüber sprechen.«

Wieder bringt er ein wenig Abstand zwischen uns, hält mich jedoch mit den Händen an meinen Schultern fest. Seine Augen sind glasig, in den Augenwinkeln schimmern die Tränen. »Ich möchte es aber. Das Leben ist zu kurz, um das alles ungeklärt zu lassen.«

Ich nicke erleichtert, auch wenn ich immer noch keine Rechtfertigung für mein Handeln habe. Dass Mika allerdings dazu bereit ist, mich anzuhören und unseren Streit aus der Welt zu schaffen, ist eine große Chance, die ich nicht verstreichen lassen darf.

»Das finde ich auch«, wispere ich, senke dann aber meinen Blick. Ich schäme mich noch immer für mein Vergehen, weiß nicht, wie ich es erklären soll.

»Ich wollte dich nicht vor allen anderen so anfahren und bloßstellen«, fährt Mika fort. »Das hätte ich mit dir unter vier Augen klären müssen. Es tut mir leid. Auch, dass ich dich versetzt habe. Das wollte ich eigentlich nie wieder tun, dich nie wieder alleinlassen. Aber ich habe es schon wieder getan. Und da ist mir bewusst geworden, wie schnell man einen Fehler machen kann. Dass man aus Verzweiflung heraus Dinge tut, die man eigentlich gar nicht machen möchte. Du hast gesagt, du warst verzweifelt. Aber ich wollte es beim Klassentreffen nicht hören. Jetzt schon. Willst du es mir erzählen?«

Noch immer kann ich ihm nicht in die Augen schauen, zögere, Mika alles zu beichten. Doch als er seine Hand unter mein Kinn schiebt und mich damit auffordert, ihn anzusehen, gebe ich mir einen Ruck und berichte ihm alles von Anfang an. Er hört zu, ohne mich mit seinem Blick oder Worten zu verurteilen. Er folgt meinen Ausführungen, Entschuldigungen und Erklärungen mit ruhigem Verständnis und lässt mich nicht einmal dabei los. Seine Hände ruhen auf meinen Schultern, ohne mich zu erdrücken. Im Gegenteil – sie geben mir Halt und die Sicherheit, dass alles, was ich sage, all meine Geheimnisse, gut aufgehoben sind.

Als ich mir endlich alles von der Seele geredet habe, nickt Mika und sortiert die Informationen offenbar zunächst in seinem Kopf. Erst nach einer Weile atmet er tief durch und setzt an: »Ich verstehe dich.«

»Ehrlich?« Ich bin verblüfft. Vor ein paar Tagen wollte er nicht ein Wort hören, weil er so wütend auf mich wie noch nie in seinem Leben war, und nun reichen ein paar ehrliche Sätze aus, um alles wieder in Ordnung zu bringen?

»Ja. Es ist nicht okay, was du getan hast, aber ich verstehe, wie es dazu kam. Es tut mir so leid, dass du dich dazu gezwungen gefühlt hast. Hättest du eher mit mir geredet, dann hätten wir sicher eine bessere Lösung gefunden.«

Ich senke erneut den Blick. Hätte, wäre, wenn! Ja, wenn ich nicht zu stolz gewesen wäre. Wenn es mir nicht so peinlich gewesen wäre. Genau das sage ich ihm nun auch, da ich keine Lust mehr habe, das für mich zu behalten.

»Genau dafür sind Freunde doch da, Lou. Dir muss das nicht peinlich sein. Dafür kennen wir uns doch viel zu gut. Ich würde dich niemals verurteilen, nur weil du ein Studium abbrechen musstest. So versnobt bin ich nicht. Eigentlich bin ich ganz und gar nicht versnobt.«

»Das weiß ich doch. Keine Ahnung, warum ich dachte, dass ich dir etwas beweisen muss.«

»Ich kann es mir denken. Aber ich würde sagen, wir vergessen das jetzt einfach. Lass uns lieber überlegen, wie wir alles geradebiegen können.«

»Wir? Hast du denn im Moment nicht andere Sorgen?«

»Natürlich möchte ich in Ruhe trauern können. Aber das kann ich nur, wenn ich weiß, dass es den Menschen gut geht, dir mir etwas bedeuten.«

Er macht eine demonstrative Pause und betrachtet mich aufmerksam, als müsse ich erst darüber nachdenken, welches Gewicht seine Worte für unser Verhältnis haben.

Ich bedeute ihm etwas. Auch wenn ich das tief im Inneren schon immer wusste, tut es verdammt gut, es auch zu hören.

Doch ich kann nicht antworten. Tränen stehlen sich in meine Augenwinkel, ich schniefe.

Mika nimmt mich wieder in die Arme. »Alles wird gut«, flüstert er mir zu.

»Eigentlich müsste ich das im Moment zu dir sagen.«

»In meinem Fall stimmt das aber nicht. Mein Vater ist nicht mehr da.«

»Ich weiß. Aber man lernt irgendwann, mit der Trauer umzugehen ... denke ich. Mir fällt es immer noch schwer.«

Plötzlich räuspert sich jemand hinter uns. Das Geräusch kommt vom Gehweg vor unserem Gartenzaun, und wir drehen uns gemeinsam zum Tor.

Dort steht Paul, mit beiden Händen in den Hosentaschen. Sein Kopf ist gesenkt, doch sein Blick ist auf mich gerichtet.

»Hey, Louisa«, sagt er schüchtern und wagt die paar Schritte auf unser Grundstück.

»Was tust du denn hier?«, frage ich neutral, weil der größte Ärger bereits verflogen ist.

Im Grunde müsste ich Paul dankbar sein, dass er mich verraten hat, weil ich wahrscheinlich nie den Mut gehabt hätte, Mika alles zu beichten. Trotzdem hat er mich hintergangen, was einer fetten Entschuldigung bedarf ... die er offensichtlich jetzt überbringen möchte.

»Ich wollte dich um Verzeihung bitten.«

Ich registriere, wie Mika die Augenbrauen zusammenzieht, und wäge ab, wie ich am besten reagiere.

»Das sollten wir vielleicht unter vier Augen besprechen«, schlage ich vor.

»Moment!«, mischt sich Mika ein. »Bist du Paul?«

»Ja«, antwortet dieser unsicher.

»Von dir habe ich also die anonyme Nachricht über Lous Betrug bekommen?«

Paul zuckt nur betroffen mit den Schultern. Seine Augen verraten, wie leid ihm die ganze Sache tut. Doch Mika hatte noch keine Zeit, seinen Ärger verrauchen zu lassen. Er geht entschlossen einen Schritt auf Paul zu und ballt die Fäuste.

»Und du warst auch derjenige, der ihr bei diesem Spielchen geholfen hat!«

»Ich wollte ihr einen Gefallen tun«, verteidigt er sich und hebt die Hände.

»Mika, lass gut sein«, versuche ich ihn zu beschwichtigen, doch er ignoriert mich.

»Das Ganze, ist auf deinem Mist gewachsen, nicht wahr?«, speit er Paul entgegen. »Lou würde niemals etwas Unrechtes tun!«

»Na ja, so ganz richtig ist das nicht«, werfe ich kleinlaut ein. »Ich habe immerhin schon zwei Anzeigen kassiert.«

Irritiert sieht Mika mich an, obwohl ich ihm eben alles erzählt habe. Dann schüttelt er den Kopf. »Das ist etwas ganz anderes! Dieser Kerl hat dich zu einer Straftat verführt. Er hat andere mit hineingezogen, ohne mit der Wimper zu zucken.«

»Louisa brauchte Hilfe«, verteidigt Paul sich weiter. »Ich mochte sie, deshalb wollte ich ihr zur Seite stehen. Sie hat mich um einen Gefallen gebeten, ich konnte nicht anders. Ich hab mich Hals über Kopf in dich ...«

»Stopp!«, unterbreche ich ihn. »Sag es nicht! Wir kennen uns doch überhaupt nicht.«

»Es ist aber so. Ich kann doch nichts dafür, dass ...«

»Lou hat gesagt, du sollst die Klappe halten!«, greift Mika erneut ein und schubst Paul mit beiden Händen nach hinten.

»Mika!«, kommentiere ich seine Handgreiflichkeit missbilligend, aber die Jungs hören mir offenbar gar nicht mehr zu.

Paul versucht ihn mit erhobenen Händen zu beruhigen. »Ich wollte doch nicht, dass sie Ärger bekommt.«

»Und warum haust du sie dann auch noch in die Pfanne?« Wieder schubst er gegen seine Brust, diesmal energischer, sodass Paul Mühe hat, sich auf den Beinen zu halten. Mika macht einen weiteren Schritt auf ihn zu und baut sich vor ihm auf. Er ist größer und athletischer, Paul wäre ihm nicht gewachsen.

»Mika, hör schon auf!«, flehe ich ihn deshalb an.

»Ich war eifersüchtig«, stößt Paul hervor. »Ich habe euch letzte Woche abends zusammen hier vorm Haus gesehen. Keine Ahnung, mir ist einfach eine Sicherung durchgebrannt.«

»Du warst das mit der Tonschale? Du hast uns beobachtet?«, frage ich ungläubig.

Das war wohl eine Info zu viel für Mika. Im nächsten Augenblick trifft seine Faust Pauls Kinn so heftig und unvorbereitet, dass er nun doch zu Boden geht.

Sofort stürme ich auf Mika zu, schlinge meine Arme um ihn. »Mika! Was soll das denn? Bist du total verrückt geworden?«

»Was ist denn hier draußen los?«, hören wir plötzlich von der Haustür aus meinen Vater.

Im Morgenmantel und Hausschlappen steigt er die Schwelle herunter, gefolgt von Marie und Nina, die ebenso aufgebracht dreinschauen.

»Ich kläre das. Es ist alles in Ordnung«, wiegle ich ab und hoffe, dass die drei wieder verschwinden.

Natürlich tun sie das nicht, glotzen nur verständnislos in die Runde.

Die Unterbrechung nutzt Paul dummerweise aus und stürzt sich auf Mika, schlägt ihm ebenfalls ins Gesicht.

Nina und Marie schreien auf.

Der ist doch von allen guten Geistern verlassen! Glaubt der echt, dass er eine Chance hat? Warum hat er es nicht einfach gut sein lassen?

Total verdattert braucht Mika einen Moment, um zu realisieren, dass er sich auch gerade eine gefangen hat. Aber nur einen Wimpernschlag später liegen die beiden Jungs am Boden und dreschen auf sich ein wie zwei Halbwüchsige, die sich um das hübscheste Mädchen in der Klasse kloppen.

Ich sollte geschmeichelt sein, dass *ich* offensichtlich dieses Mädchen bin – schließlich war ich noch nie in meinem Leben ein Mädchen, um das sich irgendjemand geprügelt hat –, allerdings bin ich zu fassungslos, um nur eine klitzekleine Reaktion zu zeigen. Ich bin wie versteinert.

Dafür greift mein Vater ein und versucht Mika von Paul wegzuziehen. Doch der ist so in Rage, dass er wild um sich schlägt und schließlich meinen Vater erwischt. Im nächsten Moment taumelt er nach hinten, hält sich die Nase und fällt auf sein Hinterteil.

»Papa«, rufe ich erschrocken, wende mich allerdings zunächst Mika zu, als ich sehe, dass Marie und Nina bereits am Boden knien, um unserem Vater zu helfen.

Ich hingegen schmeiße mich erneut auf Mika, nutze seine Überraschung und reiße ihn weg.

»Verdammt, beruhige dich!«, brülle ich ihn an und scheppere meine flache Hand auf seine Wange, um ihn endlich aus seinem Jähzorn herauszureißen.

Erschrocken legt er seine Finger auf die Stelle und hält inne. Unverständnis und Entsetzen mischen sich in seinen Blick. Aber wenigstens teilt er nicht mehr wahllos aus.

Gegen Paul hebe ich drohend den Finger. »Und du hältst die Füße still!«

Auch er guckt mich verdattert an, rührt sich keinen Millimeter.

Mika jedoch rappelt sich nun auf, schnaubt aufgebracht und verlässt mit schnellen Schritten unseren Vorgarten.

Am liebsten würde ich ihm folgen, aber ich muss mich erst um dieses Chaos hier auf dem Pflaster vor unserer Haustür kümmern.

»Fuck, das tut mir so leid«, beginnt Paul. »Das war echt nicht meine Absicht.«

Ich sehe ihn durchdringend an, was ihn nur noch mehr verunsichert.

»Louisa, glaub mir, das wollte ich nicht. Eigentlich bin ich nur hergekommen, um mich zu entschuldigen.«

»Da hast du dir einen ganz miesen Zeitpunkt ausgesucht.«

»Was? Warum ...«

»Lass, Paul! Mika geht es nicht gut, und ich würde es begrüßen, wenn du jetzt gehst.«

»Bitte verzeih mir ...«, fleht er weiter.

»Ist okay, Paul, wirklich. Ich verstehe deine Gründe. Aber es ist echt besser, wenn wir darüber ein anderes Mal sprechen.«

Endlich gibt er sich geschlagen und schleicht sich davon.

Ich werfe den Kopf in den Nacken und seufze tief.

»Kannst du mir mal verraten, warum sich zwei erwachsene Männer in unserem Vorgarten die Köpfe einschlagen?«, meldet sich Marie zu Wort, die sich noch immer mit Nina um die blutende Nase unseres Vaters kümmert.

Ich hocke mich neben die drei und krame ein neues Taschentuch aus meinem Hoodie. Als ich es meinem Vater an die Nase drücke, nehme ich den unerträglichen, aber leider so vertrauten Geruch von Alkohol wahr.

Er hat wieder getrunken. Und das nicht zu knapp. Deshalb schießt ihm nun das Blut aus der Nase als hätten wir die Hauptschlagader gekappt.

»Papa, geht es dir gut?«, frage ich ihn.

»Geht schon«, meint er und versucht, sich mit unserer Hilfe auf die Beine zu kämpfen.

»Peter«, beginnt Nina sanft, aber spricht nicht weiter, weil sie ihn sicher in dieser Situation nicht bloßstellen will.

»Ich weiß, dass das alles schwer für dich ist, Papa, aber willst du nicht lieber darüber reden, statt ...«

»Statt was?«, keift er mich an und entzieht mir seinen Arm, den ich noch eben gestützt habe. »Mir geht es gut!«

»Das tut es nicht. Bitte sprich mit uns«, flehe ich ihn an, doch er schleppt sich schon durch die Tür und wirft sie hinter sich zu.

»Hast du deinen Schlüssel dabei?«, fragt Marie nüchtern, und ich sehe sie irritiert an.

Mit den wechselnden Stimmungen komme ich nicht klar, das wird mir alles zu viel.

»Die Hintertür ist offen«, sage ich matt und lasse mich auf die Bank vorm Haus fallen. Erschöpft stütze ich die Ellbogen auf meine Knie und lege den Kopf in meine Hände.

Marie setzt sich zu meiner Rechten, Nina zu meiner Linken.

»Tut mir leid, ich stehe noch unter Schock«, entschuldigt sich Marie.

»Ich kann es noch immer nicht fassen«, meint Nina.

Kein Wort will mir mehr über die Lippen kommen, ich fühle mich leer. Während für viele andere in unserer Straße ein normaler Tag anbricht, sitze ich hier mit meiner Schwester und meiner Tante, halte jeweils eine Hand der beiden fest in meinen und weiß nicht, was es jetzt noch zu sagen gibt. Habe ich noch am Wochenende gedacht, dass es nicht mehr schlimmer kommen kann, wurde ich heute auf unerträgliche Weise eines Besseren belehrt. Still lassen wir unseren Tränen freien Lauf und sortieren – jede für sich – wortlos unsere Gedanken im Kopf.

Eins weiß ich bereits: Ich muss dringend einige Dinge klären.

SECHZEHN

Fortschritt und Rückschritt

Aus der Gegensprechanlage höre ich Sophies überraschte Stimme, noch bevor ich etwas gesagt habe. »Louisa? Was willst du denn hier?«

Verstohlen blicke ich nach oben über die Haustür.

»Ja, wir haben eine Kamera«, seufzt sie. »Um ungebetenen Besuch loszuwerden.«

»Wenn du mich loswerden wollen würdest, hättest du gar nicht antworten brauchen.«

Einen kurzen Moment scheint sie zu überlegen, spricht dann aber weiter: »Okay, erwischt. Ich bin neugierig. Was ist los?«

»Ähm ... können wir das drin besprechen?«

»Zeig mir zuerst den Inhalt deiner Tasche.«

Verwirrt schaue ich meine Miniumhängetasche an, in die gerade mal mein Portemonnaie und eine Packung Taschentücher passt. »Dein Ernst?«

»Voll und ganz!«

Die wurde wohl mit dem Klammerbeutel gepudert! Aber da ich hier draußen stehe und zu ihr rein will, öffne ich seufzend den Reißverschluss und zeige ihr meinen Geldbeutel und die Billigtempos aus dem Aldi.

»Zufrieden?«

»Ich denke schon.«

Nur einen Augenblick später höre ich den Summer und stoße die Tür auf.

»Das Penthouse«, schickt Sophie noch durch die Sprechanlage hinterher.

Penthouse, oh Mann! Man könnte es auch einfach Dachgeschoss nennen, dass sich im Sommer höchstwahrscheinlich in eine Sauna verwandelt und im Winter nicht richtig warm wird.

Als ich jedoch oben angekommen bin, muss ich feststellen, dass Sophie nicht übertrieben hat.

Die Wände bestehen zum großen Teil aus Glas und geben einen atemberaubenden Blick auf die Stadt frei. Rings um das große Loft verläuft eine Dachterrasse, die größer ist als unser Garten.

Der Fahrstuhl öffnet direkt im Penthouse seine Türen und gibt den Blick auf meine ziemlich hochnäsig wirkende ehemalige Mitschülerin frei. Sie hat die Arme vor der Brust verschränkt und eine Augenbraue nach oben gezogen.

»Nur zu deiner Information: Hätte ich eine Waffe bei mir, würde ich sie sicher nicht in meinem Handtäschchen aufbewahren, sondern am Körper tragen.«

»Höre ich da das Verlangen nach einer Leibesvisitation heraus?«

Was stimmt denn bitte nicht mit der Frau?

»Dir ist nicht entgangen, dass ich Polizistin bin? Ich kann mich schon verteidigen.«

»Und ich habe einen Schwarzen Gürtel.« Normalerweise gebe ich nicht damit an, aber Sophie macht mich einfach verrückt!

»Ich auch.« Sie zeigt ungerührt auf den schwarzen Ledergürtel in ihrer Jeans, und ich rolle mit den Augen.

Ich schüttle kurz den Kopf, um mich wieder auf meine Mission zu besinnen. »Ich bin nicht hier, um mich zu streiten oder unsere Schwanzlängen zu vergleichen.«

»Oh, da würdest du den Kürzeren ziehen.«

»Sophie!«

»Sorry, ich bin nur etwas verwundert über deinen Besuch. Wenn du mich nicht umbringen oder mit deinen Schwarzen Gürteln angeben möchtest, was möchtest du dann?«

»Warum sollte ich dich umbringen wollen?«

»Na weil ...« Sie unterbricht sich selbst.

Ha! Ihrer Meinung nach hätte ich also tatsächlich einen Grund, ihr die Pest an den Hals zu wünschen.

»Eigentlich bin ich gekommen, um dir etwas zu sagen.«

»Okay.« Sie zieht das Wort in die Länge und sieht mich an, als wäre ich nicht ganz dicht. »Möchtest du vielleicht ... etwas trinken?« Dieses Angebot fällt ihr nicht leicht, das merke ich, doch hat sie offenbar ihre gute Kinderstube nicht verloren. Obwohl ... in der Schulzeit hatte ich nicht den Eindruck, dass sie sonderlich gut erzogen ist.

»Ein Wasser«, antworte ich eher aus Höflichkeit, denn Durst habe ich eigentlich nicht. Es ist vielmehr ein Friedensangebot, ihr Angebt nicht auszuschlagen.

»Kommt sofort. Setz dich.« Ihr Ton ist kühl, allerdings spüre ich ihre Neugierde und die langsam bröckelnde Feindseligkeit mir gegenüber, wo immer die herkommen mag.

Als sie zwei Gläser auf den imposanten Eichentisch stellt, an den ich mich gerade gesetzt habe, wirkt sie unsicher. »Also, was verschafft mir die Ehre?«

Oho, nun ist meine Anwesenheit plötzlich eine Ehre.

»Ich möchte dir sagen, dass ich mit allem, was zwischen uns passiert ist, gern abschließen möchte. Ich weiß nicht, warum ich damals Zielscheibe deines Hasses war, aber eins weiß ich: Ich möchte es nicht mehr sein. Und ich *bin* es auch nicht, verstanden? Such dir jemand anderen, den du schikanieren kannst. Nein ... halt! Hör einfach auf damit.«

»Was ...« Wieder spricht sie nicht weiter, da sie offensichtlich keine Gegenargumente hat.

»Du machst dich nicht größer, indem du andere kleinmachst. Du bist nicht besser, wenn du anderen einredest, dass sie schlecht sind. Du hast keine Ahnung von anderen Menschen, bis du sie richtig kennengelernt hast. Also urteile nicht über jemanden, über den du nichts weißt. Denn du hast keine Vorstellung, was du mit deinen Worten oder deinen Taten auslöst.«

»Wie redest du denn mit mir?«

»So, wie ich in der Schule mit dir hätte reden sollen, nur leider hatte ich nicht das Selbstvertrauen dafür. Ich war ein unsicheres, am Boden zerstörtes Mädchen, das seine Mutter verloren hatte. Und du hattest nichts Besseres zu tun, als nachzutreten.«

Sophie schluckt schwer, zieht scharf die Luft ein. Meine Worte verfehlen ihr Ziel offenbar nicht. Empört öffnet sie den Mund, möchte sich sicher verteidigen, aber ihr fällt nichts ein.

»Als du mich bei meinem Chef verpfiffen hast, hatte ich einen kurzen Rückfall von Unsicherheit, aber das ist jetzt vorbei. Ich habe keine Lust mehr, mich demütigen, herumschubsen oder kleinmachen zu lassen. Der Kampfsport hat mir das Selbstbewusstsein gegeben, das ich gebraucht habe. Und jetzt bin ich eine erwachsene Frau, die dir sagen kann, dass du in der Schule eine absolute Bitch warst!«

»Wie bitte?«

Mein Blick und meine Stimme werden sanfter. »Aber das musst du nicht mehr sein, Sophie. Du bist kein schlechter Mensch, das weiß ich. Immerhin bist du Polizistin geworden. Du hast einen Beruf gewählt, in dem du Menschen helfen möchtest, die sich selbst nicht verteidigen können.«

Die Empörung in ihrem Gesicht weicht einem nachdenklichen Ausdruck.

»Diesen Grundsatz deines Jobs solltest du dir bewusst machen. Sonst kommt alles irgendwann wie ein Bumerang zurück.« In aller Seelenruhe trinke ich mein Glas Wasser aus und lasse Sophie überlegen, wie sie auf meine Offensive reagieren soll.

Ich habe keine Angst mehr vor ihr.

Schließlich atmet sie tief ein und aus und streckt den Rücken und den Hals. »Es tut mir leid«, gibt sie so nüchtern von sich, dass ich nicht ausmachen kann, ob sie das nur sagt, um mich loszuwerden, oder ob es tatsächlich so ist.

Ich ziehe eine Schnute und gebe ihr zu verstehen, dass mir das nicht reicht.

Sophie seufzt. »Na schön, Louisa, es tut mir wirklich sehr leid. Du hast recht. Mein Verhalten in der Schule ist unentschuldbar. Ich war ein Miststück und zu unreif, zu verstehen, welchen Schaden ich damit anrichte.«

»Du hast es aber im Fitnessstudio und beim Klassentreffen schon wieder getan. Bist du jetzt innerhalb von einer Woche gereift oder wie soll ich das verstehen?«

Nun sinkt sie in sich zusammen. »Ich war eifersüchtig auf dich ... schon immer.«

»Was? Auf was jetzt genau? Auf mein kompliziertes Leben? Auf den Tod meiner Mutter? Auf die psychischen und finanziellen Probleme, die damit einhergingen? Auf was?«

»Ähm ...«

»Auf was bitte kann man da eifersüchtig sein?«

»Dein Verhältnis zu Mika!«

»Es ging also immer nur um Mika? Um einen Kerl?«

Sophie zuckt mit den Schultern.

»Ihr wart mal zusammen, es hat offensichtlich nicht funktioniert. Man kann doch seine Persönlichkeit nicht an etwas festmachen, was nicht sein soll. Mach dich doch nicht zu einem Arschloch wegen eines Kerls!«

»Aber ich stehe nun mal auf ihn. Was soll ich denn tun? Du magst ihn ja auch.«

Die Bloße Erwähnung meiner Gefühle für Mika lässt mich lächeln. Ruhig und freundschaftlich antworte ich ihr: »Was du tun kannst? Es akzeptieren. Und dein Leben wieder etwas Positivem zuwenden. Und ja, ich mag Mika, ich mag ihn sehr. Er war schon immer mein bester Freund und wird es auch bleiben. Unsere Freundschaft ist nicht immer perfekt, aber letztendlich sind wir füreinander da. Vor allem in schwierigen Zeiten, die Mika jetzt gerade durchmacht.«

Sophie zieht die Augenbrauen zusammen. »Was ist los?«

»Sein Vater ist verstorben. Er hatte Bauchspeicheldrüsenkrebs. Es ging schnell ... zu schnell. Heute ist seine Beerdigung. Mika braucht jetzt eine Freundin ... *mich.*« Damit stehe ich auf und laufe zielsicher auf den Fahrstuhl zu. Es ist alles gesagt. Ich kann nur hoffen, dass Sophie es verstanden hat und auch weiß, dass mein Besuch ein Friedensangebot war. Ich habe keine Lust mehr auf einen Kleinkrieg mit einer Person, die mir rein gar nichts bedeutet. Dafür sind mir meine Zeit und meine Energie zu schade und ich wünschte, dass Sophie das irgendwann genauso sieht.

»Du bist einfach hingegangen, hast dich entschuldigt und dann war alles wieder gut?«, fragt Mika, der auf dem Bett in seinem Zimmer sitzt. Sein schwarzes Jackett hängt über der Lehne des Schreibtischstuhls, die Krawatte hat er gelockert.

Der Raum sieht noch aus wie damals zu Schulzeiten, bevor Mika ausgezogen ist.

»Ja. Ich hätte auch nicht gedacht, dass es so einfach sein kann. Vor ein paar Wochen wäre ich dem Kerl am liebsten an die Gurgel gegangen, aber gestern haben wir uns wirklich gut unterhalten. Ich habe ihm meine Beweggründe erklärt, habe ihn um Verzeihung gebeten und dann hat er mir versprochen, die Anzeige zurückzuziehen.«

»Das freut mich für dich.«

»Noch besser: Ich konnte ihn dazu überreden, ausrangierte Lebensmittel zu spenden.«

Mika lächelt und drückt meine Hand. »Und heute hast du dir noch Sophie vorgenommen? Da hast du ordentlich aufgeräumt.«

»Das war längst überfällig und an der Zeit, mein Leben in den Griff zu kriegen. Ich wollte diese Dinge vor der Trauerfeier klären ... Sie war übrigens sehr schön.«

»Ja.« Er presst die Lippen aufeinander, lässt den Blick zum Fenster gleiten.

Ich rücke ein Stück näher zu ihm und lege meine Stirn an seine, meine Hände in seinen Nacken.

»Ich bin immer für dich da«, hauche ich.

»Das ist ein schönes Gefühl.« Mika hebt seinen Kopf, um mich anzusehen.

Augenblicklich kribbelt es in meinem Magen. Fast schäme ich mich dafür, da der Zeitpunkt ausgesprochen unpassend ist. Aber ich kann es nicht abstellen, die Wärme aus meinem Bauch steigt auf zu meinem Herzen und durchflutet meinen ganzen Körper. Mein Atem wird schneller und ich öffne gehetzt die Lippen.

»Lou? Komm schnell, Papa ist gerade in mein Buffet gefallen!« Marie steht mit verzweifeltem Gesichtsausdruck im Türrahmen, während Mika und ich erschrocken auseinanderfahren.

»Was?!« Kurz sehen wir uns an, dann hechten wir die Treppe hinunter ins Wohnzimmer, wo sich die wenigen Gäste der kleinen Trauerfeier versammelt haben, und schockiert auf meinen Vater hinabblicken.

Er liegt inmitten des zusammengebrochenen Tisches, auf dem Marie so liebevoll ein paar Speisen angeordnet hatte. Anni und Nina sortieren gerade einige Häppchen von seiner Hose und versuchen ihm aufzuhelfen.

»Was ist passiert?«, frage ich Marie leise, deren Miene sich verfinstert hat.

»Er ist schon wieder voll und hat meine Arbeit ruiniert!«

»Scheiße«, entfährt es mir, während ich zu meinem Vater eile und helfe, ihn nach oben zu ziehen.

»Bringen wir ihn rüber ins Gästezimmer«, flüstert uns Anni zu und wendet sich dann an ihre Söhne. »Könnt ihr euch um das Chaos hier kümmern, bis wir das geklärt haben? In der Küche stehen noch ein paar Tabletts mit Baguettes als Ersatz.«

Mika und Jonah fangen bereits an, die Speisen vom Boden aufzusammeln, indessen Anni, Nina, Marie und ich meinen Vater in den Nebenraum bugsieren und ihn auf dem Bett niederlassen. Wie ein Häufchen Elend kauert er sich in die Laken und scheint schon im Delirium zu sein.

»Am besten lassen wir ihn hier ausnüchtern und sprechen später mit ihm«, entscheidet Anni und schiebt uns wieder zur Tür hinaus.

Zusammen mit Nina beseitigt sie im Wohnzimmer die Überreste dieses Zwischenfalls und widmet sich wieder den Gästen. Marie und ich hingegen sind zu beschämt, uns wieder bei den anderen blicken zu lassen. Bestürzt stehen wir im Flur und starren die Tür zum Gästezimmer an.

»Ich habe ihn noch nie so erlebt«, wispert Marie traurig. »Er macht alles kaputt.«

»Papa ist krank. Wir haben doch darüber gesprochen. Es ist wichtig, dass wir ihm jetzt helfen.«

»Ihm helfen?« Maries Stimme ist plötzlich aufgebraucht. »Er will unsere Hilfe doch gar nicht. Er will nur saufen und unser Leben zerstören.« Wütend stampft sie zur Tür, reißt sie auf und schmeißt sie hinter sich wieder zu.

Marie aufzuhalten, wäre in diesem Moment sicher falsch gewesen. Sie muss sich zunächst beruhigen, damit wir als Familie entscheiden können, wie es nun weitergeht.

Ich hatte so sehr gehofft, dass sich mein Vater nach unserem Gespräch mit Nina gefangen hat und unsere Hilfe annimmt, aber Siegfrieds Tod hat ihn schwer getroffen. Der Rückfall war irgendwie abzusehen gewesen.

Anni, Nina, Mika, Marie und ich sitzen um den Esstisch im Wohnzimmer der Winters und schweigen uns an. Jeder von uns hängt seinen eigenen Gedanken nach. Marie kaut nervös auf ihrer Unterlippe herum, ich traktiere meine Fingernägel.

Endlich hören wir, wie eine Türklinke gedrückt wird und jemand durch den Flur schlurft.

»Wir sind im Wohnzimmer«, ruft Anni in unterkühltem Ton hinaus.

Kurz darauf steht mein Vater im Türrahmen, blickt bedröppelt in die Runde.

»Setz dich, Peter«, fordert sie ihn auf.

Behäbig und mit gesenktem Kopf nimmt er neben mir Platz.

»Ich schäme mich für dich«, zischt Anni überraschenderweise und schüttelt schwer enttäuscht den Kopf. »Dass du ein großes Problem hast, weiß ich, aber ich hätte mir gewünscht, dass du dich wenigstens an diesem Tag zusammenreißen kannst und dich in Würde von Siegfried verabschiedest.«

»Tut mir leid. Ich wollte niemanden von euch in Verlegenheit bringen.«

»Das hast du aber«, flüstert Marie, ohne aufzuschauen.

Nina drückt ihre Hand, mein Vater schaut sie betroffen an.

»Wir haben dir unsere Hilfe angeboten, Peter«, sagt Nina. »Wie stehst du dazu?«

Er zuckt mit den Schultern.

»Ich weiß, dass Siegfried dich dummerweise hin und wieder zum Alkoholtrinken ermuntert hat, aber wäre er noch da, würde er wollen, dass sein Freund die Hilfe annimmt.« Annis Stimme klingt nicht mehr ganz so frostig. »Und ich wünsche es mir auch.«

»Du hast mein Buffet zerstört!«, meint Marie trotzig. »Ich habe mir so eine Mühe gegeben und du blamierst uns vor allen!«

Mein Vater greift über den Tisch nach Maries Hand, doch sie entzieht sie ihm.

»Es tut mir so leid, dass ich euch und mich lächerlich gemacht habe«, lenkt mein Vater ein. »Ich will das nicht mehr. Ich möchte jemand sein, auf den ihr stolz sein könnt.«

Eine Weile sieht Marie ihn wortlos an, dann wird ihre Miene weicher und sie legt ihre Hand in seine, die noch immer dort auf der Tischplatte ruht.

»Ich verspreche euch«, fährt er fort, »ich werde mir helfen lassen.«

Ich blicke in die Runde und sehe Erleichterung in den Augen aller. Zum ersten Mal hat mein Vater Einsicht und Reue gezeigt und ich glaube ihm. Das ist hoffentlich der erste Schritt auf seinem Weg der Genesung.

»Peter«, meldet sich Nina zu Wort, »möchtest du mit jemandem sprechen, der dir professionelle Hilfe bieten kann?«

Er nickt.

»Wollen wir gemeinsam jemanden suchen?«

»Ich vertraue dir. Mach einen Termin bei einem guten Therapeuten. Ich tue alles, damit sich meine Töchter nicht mehr für mich schämen müssen. Oder Anni, oder du.«

Jetzt ist es vorbei. Ich kann meine Tränen nicht zurückhalten.

Mein Vater tätschelt hilflos meinen Rücken, während Mika seinen Arm um meine Schultern legt.

Ich kann es kaum glauben, dass wir endlich Hilfe bekommen, dass wir etwas in unserem Leben verändern können, dass vielleicht - fast - alles wieder gut wird.

Wie oft habe ich mir gewünscht, ein ganz normaler Teenager oder eine ganz normale junge Frau zu sein, eine ganz normale Familie zu haben, keine, über die in der Nachbarschaft getratscht wird. Okay, das wird sicher noch eine ganze Weile so sein, aber damit kann ich leben, solange wir uns alle bemühen, das Beste aus uns zu machen.

SIEBZEHN

Aufatmen

Völlig erschöpft strample ich im Flur meine Stiefeletten von den Füßen und schmeiße meine Handtasche auf die Bank. Es war ein langer Tag im Büro. Aber nicht die Arbeit an sich hat mich fertiggemacht, sondern die Tatsache, dass ich Hannes noch immer belüge. Solange ich nicht weiß, wie es beruflich und finanziell weitergeht, kann ich den Job nicht aufgeben. Jeden Tag bemühe ich mich deshalb umso mehr, die perfekte Arbeitnehmerin zu sein, was immer mehr an die Substanz geht. Zwar hat Hannes seine Annäherungsversuche eingestellt und wir haben nie wieder über den Kuss gesprochen, aber er ist weiterhin ein hervorragender Chef, dem ich Unrecht tue. Mika weiß über alles Bescheid, dennoch fühle ich mich von Tag zu Tag unwohler.

Aus der Küche dringen fröhliche Stimmen und Gelächter zu mir. Obwohl ich mich nur noch in mein Zimmer verkriechen möchte, hebt das Lachen meines Vaters meine Laune enorm. Seit Jahren habe ich ihn nicht so lachen gehört.

»Was ist hier los?«, frage ich, als ich die Küche betrete.

Mika und mein Vater sitzen mit einem Laptop am Tresen, während Nina das Abendessen zubereitet.

»Wir schauen nur dämliche Videos im Netz an«, meint Mika und klappt den Laptop zu.

Ich blicke die beiden skeptisch an.

»Den Spaß haben wir uns verdient«, kommentiert mein Vater. »Wir haben nämlich heute schon was getan und gute Nachrichten.«

Als keiner von den dreien mit der Sprache herausrückt, blaffe ich sie ungeduldig an: »Worum geht es? Sagt schon!«

»Mika hat mir einen Job besorgt«, sagt mein Vater stolz.

Ich reiße die Augen auf.

»Moment!«, greift Mika ein. »Es ist zunächst ein Vorstellungsgespräch. Aber ich kenne den Abteilungsleiter und werde ein gutes Wort einlegen.«

»Oh mein Gott, ist das euer Ernst? Das klingt fantastisch.« Reflexartig falle ich meinem Vater um den Hals.

Ich erinnere mich nicht, wann ich das das letzte Mal getan habe. Es fühlt sich so gut an, und ich spüre, dass sich auch mein Vater danach gesehnt hat. Er hält mich so fest, dass ich kaum noch Luft bekomme. Dann merke ich, wie er schluchzt.

»Oh, Papa, nicht weinen«, sage ich. »Jetzt wird alles gut.«

»Ich bin nur so froh, dass du nicht mehr die ganze Last tragen musst. Ich weiß, dass dir dein Job nicht gefällt, und deshalb möchte ich, dass du ihn kündigst und endlich das angehst, was du schon immer machen wolltest.«

»Ganz langsam, Papa. Erst mal müssen die dich einstellen, und wenn du dich dort eingelebt hast, kann ich darüber nachdenken, mein Studium zu beginnen. Im nächsten Semester komme ich ohnehin nicht mehr unter. Wir haben also Zeit. Bis dahin werde ich den Job zur Sicherheit behalten.« Unsicher sehe ich zu Mika. »Wäre das in Ordnung?«

Er zuckt mit den Schultern. »Mir ist immer noch nicht wohl bei der Sache. Wir sollten mit Hannes sprechen.«

»Wieso ist dir nicht wohl dabei?«, fragt mein Vater misstrauisch und sieht uns abwechselnd an. »Wovon redet ihr?«

»Du musst nicht alles wissen«, antworte ich und lächle geheimnisvoll. »Mika, kommst du mal mit?«

Ohne eine Antwort abzuwarten, nehme ich seine Hand und ziehe ihn aus der Küche, die Treppen nach oben in mein Zimmer. Sorgfältig schließe ich die Tür hinter mir und wende mich dann an Mika. »Ich weiß, wir hatten vereinbart, keine Geheimnisse mehr. Aber wie ich an diesen Job gekommen bin, sollte meine Familie nicht erfahren – also ... abgesehen von Nina. Kannst du damit leben? Ich verspreche auch, ab sofort keine Dummheiten mehr zu machen.«

»Von mir aus. Aber trotzdem möchte ich, dass du mit Hannes redest.«

Langsam gehe ich auf ihn zu, schlinge meine Arme um seinen Hals und sehe ihn mit großen Augen an. »Begleitest du mich?«

Er versucht, ein Grinsen zu unterdrücken. »Du willst mich um den kleinen Finger wickeln.«

»Funktioniert es?«

»Ja, ich begleite dich. Wir sollten ihm das sowieso schonend beibringen. Ich will nicht, dass er sauer auf mich oder dich ist. Ich hänge ja auch mit drin. Also sollte ich auch mitkommen.«

Mir fällt ein Stein vom Herzen. Mit Mika an meiner Seite werde ich den Mut aufbringen, Hannes alles zu erklären.

Erleichtert lege ich meine Wange an Mikas Brust und atme den milden Geruch nach seinem Aftershave ein.

Als ich seine Hände auf meinem Rücken spüre, durchfließt mich ein Verlangen, dem ich nicht mehr länger standhalten möchte. Zu sehr sehne ich mich nach ihm. Nach seiner Freundschaft, nach seinen Berührungen, nach seinen Lippen.

Ich stelle mich auf die Zehenspitzen, nehme sein Gesicht in beide Hände und küsse ihn. Ohne zu zögern, erwidert er meinen Kuss und presst sich an mich. So lange haben wir auf den richtigen Zeitpunkt gewartet.

Mein Herz fängt heftig an zu schlagen und das Blut rauscht in hoher Geschwindigkeit durch meine Adern. Beinahe wird mir schwindelig von dem Gefühl des Glücks, endlich in Mikas Armen zu liegen und mich treiben zu lassen. Unversehens fühle ich mich sicher und als könne nichts mehr schiefgehen.

Das Klingeln an der Haustür nehme ich nur im Hintergrund wahr, das Stimmengewirr unten im Flur versuche ich auszublenden.

Doch Mika löst sich sanft von mir. »Tut mir leid.« Er legt seine Stirn an meine. »Das ist meine Schuld. Ich habe Jonah herbestellt.«

»Warum denn das?«, frage ich leicht trotzig.

»Er hat Material zum Ausbessern eurer Fassade mitgebracht. Morgen früh wollen wir damit anfangen und in zwei Wochen wird sie neu gestrichen. Wir haben schon alles organisiert.«

»Wie bitte?«

»Ist eine Überraschung für euch.«

»Aber ihr könnt doch nicht ...«

»Scht!«, macht Mika und legt einen Zeigefinger auf meine Lippen. »Lass mich das für dich tun. Ich weiß, dass dir das Haus eine Menge bedeutet - wegen deiner Mutter. Wir bringen es jetzt Stück für Stück auf Vordermann, bis ihr euch alle wieder wohlfühlen könnt.«

Im nächsten Moment klopft es an der Tür und Jonah steckt seinen Kopf durch den Spalt. »Kann's losgehen, ihr Turteltäubchen? Nina sagt, das Essen ist fertig. Alle sind da.«

Verwirrt sehe ich Mika an.

»Wir essen heute zusammen. War die Idee meiner Mutter.«

»Das klingt wundervoll«, flüstere ich Mika zu. »Ich danke dir so sehr - für alles. Du hast mir einen Job besorgt, meinem Vater vielleicht auch. Und nun kümmerst du dich auch noch um unser Haus. Ich weiß gar nicht, was ich sagen soll. Außer ... danke.«

»Das mache ich alles gern für dich, Lou, so, so gern!«

Bevor wir Jonah nach unten folgen, küsst er mich noch einmal sanft auf die Lippen. Am liebsten würde ich nie wieder damit aufhören und ihn für ewig festhalten, aber ich möchte Annis bezaubernde Überraschung nicht verderben.

Um den Esstisch herum sitzen bereits Marie, mein Vater, Nina und Anni. Jonah, Mika und ich gesellen uns dazu.

Nina hat Klöße und Rouladen gemacht, Anni einen Salat mitgebracht. An jedem Platz steht ein Glas Wasser oder Apfelschorle, um es meinem Vater nicht unnötig schwer zu machen.

»Stoßen wir an«, sagt Anni mit erhobenem Glas. »Auf die Familie ...« Sie lächelt uns alle an. »... auf einen guten Therapieverlauf ...« Sie blickt liebevoll zu meinem Vater. »... und auf die Zukunft.«

Wir prosten ihr alle zu, und Mika und ich stoßen unsere Gläser sanft aneinander.

»Und auf die Freundschaft«, raunt er mir zu. »Zum Wohl.«

»Auf ein bisschen mehr als Freundschaft«, widerspreche ich mit einem anzüglichen Grinsen.

»Das diskutieren wir nach dem Essen in deinem Zimmer aus.«

»Grandiose Idee!«

Mir wird ganz warm, und das liegt sicher nicht am Essen, denn Ninas Kochkünsten fehlt noch die gewisse Würze. Dennoch lassen wir es uns schmecken und können unser gemeinsames Essen genießen.

Perfekt wäre es, wenn auch meine Mutter und Siegfried da wären, aber der Gedanke an den Tod meiner

Mutter frisst mich nicht mehr auf. In der Familien-
therapie sprechen wir darüber, und es hilft uns allen
sehr, mit dem Verlust klarzukommen.

Unwillkürlich schaue ich auf das gerahmte Foto
auf der Kommode, das mich zum ersten Mal seit
dem Unfall zum Lächeln bringt.

Ich werde sie immer vermissen, aber es wird von
Tag zu Tag leichter, damit zu leben. Ab nun kann
unsere neue Zukunft beginnen.

5 Jahre später

»Sorry für die Verspätung«, meint Anna gehetzt und watschelt in gemächlichem Tempo auf mich zu, eine Hand an den Rücken gestützt, eine unter die riesige Kugel gelegt, die von einem weiten Sommerkleid verdeckt wird. Sie sieht aus, als würde das Würmchen in ihrem Bauch jeden Moment aus ihr herauspurzeln.

Ich bin so dankbar, sie in diesem Lebensabschnitt begleiten zu dürfen. Seit unserem fünfjährigen Klassentreffen sind wir enge Freundinnen geworden.

»Du hast die beste Ausrede der Welt, zu spät zu kommen. Das gilt im Übrigen für die nächsten sechs bis sieben Jahre«, antworte ich mit einem Lachen und drücke sie, als sie endlich bei mir angekommen ist – darauf bedacht, ihren Bauch nicht zu berühren. Dafür muss ich mich ganz schön weit vorbeugen.

Letzte Woche erst hat Anna dem Freund meiner Schwester fast die Hand abgerissen, als er ungefragt ihre Kugel streicheln wollte. Verständlich. Sie sagte, nur weil sie schwanger ist, wäre ihr Bauch keine Ziege im Streichelzoo, und ob sie jetzt auch seine Eier kraulen und fragen darf, wann der nächste Samenerguss stattfindet.

Sowohl Marie als auch Ben haben sich höflich lächelnd zurückgezogen.

Seit Anna schwanger ist, sind ihre Stimmungsschwankungen das reinste Abenteuer. Nur gut, dass wir uns seit Jahren regelmäßig sehen und ich sie mit ihrer bis vor ein paar Monaten ausgesprochen ausgeglichenen Art echt liebgewonnen habe. Sonst hätte ich schon das eine oder andere Mal an unserer Freundschaft gezweifelt.

»Das höre ich gern«, schnauft sie. »Hannes ist zwei Tage auf Dienstreise und ich musste mir eben selbst die Sandaletten anziehen. Das ist die reinste Folter.«

»Ist es so klug, so kurz vor der Entbindung auf Dienstreise zu gehen? Was ist, wenn Hildegard früher kommt?«

»Du sollst mein Kind nicht immer Hildegard nennen!«

»Solange du nicht verrätst, wie sie heißen wird, nenne ich sie Hildegard.«

»Wie du willst, wir verraten es sowieso nicht. Du wirst es als Letzte erfahren.« Sie streckt mir die Zunge heraus. »Und es sind noch zwei Wochen bis zum Termin. Ich denke, wir sind save!«

»Hm«, mache ich nur, weil ich sie einerseits nicht beunruhigen und anderseits nicht ihren Unmut auf mich ziehen will.

»Hannes war übrigens nicht begeistert, dass du meine Trauzeugin werden sollst. Er hält dich für nicht besonders zuverlässig.«

»Danke für die Blumen! Er ist ganz schön nachtragend.«

»Hab ich ihm auch gesagt. Du hast damals deine Abreibung von ihm bekommen. Irgendwann sollte es auch mal gut sein, finde ich.«

»Immerhin habe ich ihn mit seiner Traumfrau verkuppelt, die nun ein Kind von ihm erwartet.«

»Ganz genau! ... Oh, sie tritt gerade! Fühl mal!«

Ängstlich schaue ich meine Freundin an.

»Jetzt gib schon deine Hand her. *Dir* werde ich sie schon nicht abreißen.« Sie greift nach meinem Handgelenk und führt meine Finger an die Stelle, die sich gerade so lustig ausbeult.

Ich spüre sie. Füße, Hände, Kopf, Po - was auch immer das ist. Ich kann deutlich eine Bewegung in Annas Bauch wahrnehmen. Wahnsinn!

Sie ertappt mich dabei, wie ich selig lächle. »Na, wann ist es denn bei dir so weit?«

»Dein Ernst? Wie soll das gehen? Ich stehe kurz davor, mein eigenes Studio zu eröffnen. Millionen von Kindern werden mir die Bude einrennen. Da hab ich sicher keine Nerven mehr für ein eigenes. Und außerdem, wie du weißt, fehlt mir der passende Mann dafür.«

Anna schenkt mir einen gelangweilten Blick und setzt sich - langsam ... sehr langsam - in Bewegung. »Ich hätte ja einen Vorschlag für den passenden Mann, aber das willst du ja immer nicht hören.«

Gemütlich schlendere ich neben Anna her. »Wir haben es vor fünf Jahren probiert. Es sollte einfach nicht sein.«

»Falsch! Du hast alles andere vorgeschoben. Dein Sportstudium, die Therapie, deine Jobs und jetzt das Studio.«

»Das sind alles ganz essenzielle Dinge, die eine Menge Aufmerksamkeit erfordern.«

»Das verstehe ich. Aber muss man sich denn wirklich zwischen dem einen und dem anderen entscheiden?«

»Das ist nicht so einfach.«

»Man kann es auch komplizierter machen, als es ist. Mit dem richtigen Partner lässt sich vieles einfach besser ertragen und händeln. Man ergänzt sich. Außerdem läuft doch inzwischen alles gut. Dein Vater ist schon so lange trocken und macht sich gut in seinem Job. Und wenn das Leben doch mal nicht so läuft, wie geplant, hat man immer noch eine Schulter zum Ausheulen.«

»Ich hab doch *deine* Schulter.«

»Vergiss es! Da heult demnächst jemand anderes – vermutlich vierundzwanzig Stunden am Tag.«

»Wir kennen uns aber schon länger.«

Anna dreht sich augenrollend zu mir. »Weshalb sträubst du dich so?«

»Weil es ...« Ich seufze tief und bleibe stehen. »Weil es endlich mal gut läuft in meinem Leben – wie du es sagst. Ich habe Angst, dass wenn sich jetzt etwas verändert, wieder alles zusammenbricht.«

»Oder«, betont Anna, nimmt meine Hand und zieht mich weiter, »du hast Angst, jemanden so nah an dich ranzulassen und dann wieder zu verlieren. Das kann ich gut verstehen, das kann wahrscheinlich *jeder* verstehen. Dass das Leben aber nun mal gewisse Risiken birgt, hat dir doch deine Therapeutin erklärt. Nichts ist hundert Prozent sicher. Aber wir haben nur dieses eine Leben, und nur aus der Angst heraus, dass etwas passieren könnte, darf man doch nicht aufhören zu leben ... und zu lieben.«

»Wow, bist du plötzlich tiefsinnig geworden? Ich dachte, du schlägst nur noch um dich.«

»Das sind die Hormone. Vielleicht will Hildegard wirklich bald raus und mein Körper möchte verhindern, dass ich sie auch noch anblaffe. Und jetzt komm, ich hab nicht die Kraft, dich bis zur Schule zu zerren. Wir sind sowieso schon spät dran.«

Anders als vor fünf Jahren findet unser Klassentreffen auf dem Schulhof statt. Die bunten Ballons am Tor lassen erahnen, dass es weniger glamourös, sondern lässiger und unverkrampfter abgeht. Obwohl auch diesmal Sophie für die Organisation verantwortlich war.

Gechillte Sommermusik weht uns entgegen und der Duft von gegrillten Würstchen und Steaks. Lautes Gelächter auf dem Hof verrät uns, dass das Treffen bereits in vollem Gange und die Stimmung gelöst ist.

Nicht nur deshalb fühle ich mich tausendmal wohler als beim letzten Mal.

Ich habe meinen Schmerz, die Demütigungen aus der Schulzeit und die Scham hinter mir gelassen.

Mein Leben ist - bis auf die Liebe - perfekt.

Anna sieht auf ihr Handy. »Hannes fragt, wie es mir geht. Wie süß. Ich glaube, er ist nervöser als ich. Schöne Grüße soll ich dir sagen.«

»Oh, Grüße von Hannes. Welche Ehre.«

»Nicht so bissig. Ihr solltet euch langsam vertragen.«

»Sag *ihm* das, nicht mir. Ich bin absolut für den Waffenstillstand.«

»Vielleicht sind die Grüße ja ein Friedensangebot. Ich schicke ihm liebe Grüße von dir zurück.« Sie grinst. »Ich versöhne euch schon noch bis zur Geburt.«

»Meine Heldin!« Wir stoßen unsere Fäuste aneinander.

»Du hast es aber noch jemandem zu verdanken, dass Hannes dich damals nicht angezeigt hat.« Anna deutet mit einem Kopfnicken auf Mika, der wie üblich von vielen ehemaligen Mitschülern umringt ist.

Das liegt aber nur zum Teil an seiner Beliebtheit. Er steht nämlich an einem der Grills unter zwei großen weißen Pavillons und verteilt Würstchen.

»Auch das weiß ich.«

»Eine Schande, dass du diesem Traummann den Laufpass gegeben hast.«

»Wir sind immer noch die besten Freunde.«

Anna seufzt. »Und wenn irgendwann mal eine Frau auftaucht, die ihm den Kopf verdreht? Bist du dann immer noch so locker?«

Ich bleibe ihr eine Antwort schuldig, doch in meinem Kopf beginnen die Gedanken zu kreisen.

Vor fünf Jahren haben wir uns als Freunde getrennt, weil ich einfach noch zu viele Baustellen in meinem Leben zu bewältigen hatte. In der Zeit haben wir uns immer wieder getroffen, haben gequatscht, Kaffee getrunken und Spaß gehabt. Wir haben uns immer unterstützt, egal um was es ging.

Wie wäre es gewesen, wenn er eine Freundin gehabt hätte? Genauso locker und unverfänglich? Wäre ich eifersüchtig gewesen? Hätten wir uns überhaupt gesehen? Nicht jede Frau kommt mit der besten Freundin ihres Partners zurecht.

Freundlich nicken wir den kleinen Grüppchen, an denen wir vorbeilaufen, zu und steuern wie automatisch den Grill an.

Allerdings stellt sich uns Sophie in den Weg und umarmt mich überraschenderweise.

»Schön, dass ihr da seid«, sagt sie aufrichtig und lächelt uns an. Sie hat deutlich weniger Make-up im Gesicht als noch vor einigen Jahren und hat den akkuraten Pony wieder wachsen lassen.

»Du hast dich selbst übertroffen«, sage ich ehrlich. »Danke für die Organisation.«

»Das freut mich. Mensch, Anna, wann ist es denn so weit?«, fragt sie und legt eine Hand auf Annas Bauch.

Die zieht scharf die Luft ein, und ich tätschle ihr beruhigend die Schulter.

Beherrscht greift Anna nach Sophies Handgelenk und schiebt die Hand von sich.

»Sorry, ich wollte nicht aufdringlich sein.«

»Schon gut«, meint Anna versöhnlich. »Ist ein weit verbreiteter Irrtum, dass Schwangere das toll finden. Übrigens ist es in zwei Wochen so weit, sofern Hildegard damit einverstanden ist.«

»Wer ist Hildegard?«

»Das Baby.«

»Oh«, versucht Sophie verzückt zu tun. »Das ist ja ein ... schöner Name ... sehr speziell.«

»Ja, wir wollten etwas Einfaches, Unaufgeregtes«, foppt Anna sie.

Sophie schnallt es nicht, und ich grinse in mich hinein. Wie hat die denn bloß den Einstellungstest für die Polizeiausbildung geschafft?

»Übrigens«, lenkt sie ab und wendet sich an mich. »Ich habe gehört, dass du und Mika noch immer getrennt seid ...«

Alarmiert reiße ich den Kopf hoch und muss meine Atmung kontrollieren. Mein Puls ist sicher schon wieder jenseits von Gut und Böse.

»Wir sind nach wie vor beste Freunde«, sage ich gefasst, obwohl ich mir selbst nicht glaube.

Trotz dass er wieder in der Stadt lebt, sehen wir uns in letzter Zeit kaum. Und das nicht, weil ich ihn nicht sehen *will*. Vielmehr gehe ich ihm aus dem Weg, weil ich meinen eigenen Gefühlen nicht traue. Ich habe Angst, mich wieder auf ihn einzulassen, obwohl jede Faser meines Körpers danach verlangt.

Sophie hakt sich bei mir unter und nimmt mich ein wenig zur Seite. »Ich weiß ja, dass unsere Beziehung nicht immer die beste war«, sagt sie leise, »aber lass mich dir einen Tipp geben. Dieser hübsche Kerl da«, sie zeigt auf Mika, »wird nicht mehr ewig auf dem Markt sein.«

Ich sehe sie misstrauisch an.

»Ich sag's ja nur, weil ich weiß, wie verrückt er nach dir ist. Nur wird er möglicherweise nicht ewig warten.«

»Ihr habt noch Kontakt miteinander?«

»Keine Panik, wir sind auch nur Freunde. Deine Ansprache von damals ist mir noch in guter Erinnerung. Allerdings ... wenn du ihn nicht willst ...« Sie zwinkert mir mit einem herausfordernden Grinsen zu. »Ich bin auch noch Single ... und ...«

»Ich ... werde dann mal zu Mika gehen ...«, unterbreche ich sie und deute mit dem Daumen zu ihm.

»Braves Mädchen. Dann habt mal viel Spaß«, wünscht sie Anna und mir und widmet sich ein paar anderen ehemaligen Mitschülern.

»Ich kann mit dieser Freundlichkeit noch nicht wirklich umgehen«, gestehe ich und halte mich an Annas Arm fest.

»Aber sie gibt sich Mühe, keine Bitch mehr zu sein. In Bezug auf Mika sind wir sogar einer Meinung.«

Ich rolle mit den Augen und bringe endlich die letzten Meter hinter mich, um Mika zu begrüßen, der uns bereits bemerkt hat. Nun legt er die Grillzange aus der Hand, setzt ein strahlendes Lächeln auf und empfängt mich mit ausgebreiteten Armen.

»Schön, dich zu sehen«, nuschelt er in mein Haar.

»Ja, ist schon wieder viel zu lange her.«

»Über anderthalb Monate.« In seinem Ton schwingt ein leichter Vorwurf mit, sein Blick allerdings ist zum Dahinschmelzen.

»Es war viel los in letzter Zeit«, rechtfertige ich mich halbherzig.

»Wie immer.«

»Das Studio, mein Vater ... dann beginnt Marie bald ihr letztes Ausbildungsjahr ...«

»So viele Hürden ...«, sagt er sanft und lächelt.

»Ich suche auch nach einer neuen Wohnung, die näher am Studio liegt ...«

»Da bleibt wirklich kaum noch Zeit für etwas anderes.«

So langsam raffe ich, dass er mich nur veräppelt. Ja, ich suche nach Ausreden. Anna hat recht. Mein Unterbewusstsein will sich nicht darauf einlassen. Nur wie schalte ich das ab?

»Anna hat übrigens in zwei Wochen ...«, fange ich an abzulenken und drehe mich zu ihr, doch sie steht nicht mehr dort. Einige Meter weiter entdecke ich sie in einer Gruppe von Leuten, die ihr zum Baby gratulieren - ohne ihren Bauch zu tätscheln.

Mika grinst. »Vielleicht wollte sie uns nicht stören. Da du ja nur Augen für mich hast.«

»Hör schon auf. Können wir nicht ganz normal miteinander umgehen?«

»Willst du eine Bratwurst?«

»Ähm ...« Völlig irritiert von der doch etwas plötzlichen Erfüllung meines soeben geäußerten Wunsches greife ich nach einem Brötchen. »... sehr gern?«

»Mit Senf?«

»Nein, Ketchup.«

»Oh mein Gott, was stimmt nicht mit dir?«

Ich lächle ihn dankbar an.

Den ganzen Nachmittag vermeidet er zweideutige Bemerkungen und wir können Updates der letzten Wochen austauschen, ohne dass es verkrampft wird.

Als wir spät abends auf einer Bank unter der alten Eiche des Schulhofes sitzen und die Reste des Kartoffelsalats in uns hineinstopfen, tauschen wir schließlich Kindheitserinnerungen aus, die inzwischen für mich nicht mehr schmerzlich sind. Im Gegenteil, es tut so gut, an die schönen Momente zurückzudenken.

»So möchte ich das immer haben«, meint Mika auf einmal und sieht mich ernst an.

Ich seufze. »Weshalb fängst du schon wieder damit an? Es war doch gerade so schön.«

»Eben, deswegen.«

Ich drehe meinen Kopf weg, doch Mika hält mein Kinn fest und hebt es an, sodass ich seinem Blick nicht ausweichen kann.

»Wovor hast du Angst?«, fragt er mit rauer Stimme.

»Wenn ich das wüsste. Mein Leben läuft gerade wirklich gut und stabil. Ich schätze, ich habe Angst davor, dass wieder etwas schiefgeht, wenn Gefühle ins Spiel kommen.«

»Sind sie das nicht längst?«

Verdammt, ja!, möchte ich schreien. *Natürlich.*

Aber erst, wenn ich mich auf diese Gefühle einlasse, können sie auf mein Leben Einfluss nehmen.

Das auszusprechen, kommt mir reichlich kitschig vor. Deshalb zucke ich nur mit den Schultern.

»Vielleicht solltest du das Risiko wagen ... Obwohl ich mich nun nicht wirklich als Risiko bezeichnen würde ... Ich meine, ist es nicht einen Versuch wert?«

»Möglicherweise.«

»Okay, ich sehe schon, du hast wieder Schwierig-keiten, dich zu entscheiden.« Mika greift in die Ta-sche seiner Jeanshose und hält mir dann eine kleine Holzmünze vor die Nase.

»Oh mein Gott, die hast du noch?« Ich nehme den Chip in die Hand und streiche mit dem Zeigefinger über das gravierte Herz.

»Natürlich«, sagt er empört und nimmt ihn mir wieder weg. »Das ist mein Glücksbringer. Und außer-dem ist er von dir.«

Das Funkeln in seinen Augen lässt mich schwer schlucken.

Was tue ich hier eigentlich? Ich wäre doch völlig wahnsinnig, ihn gehen zu lassen. Anna und Sophie haben absolut recht.

»Also, Herz: Du gibst uns eine Chance«, sagt er und dreht die Münze um. »Kleeblatt: Ich lasse dich ab sofort damit in Ruhe und du lebst dein Leben, wie du es für richtig hältst.«

Bevor ich etwas sagen kann, wirft er den Chip in die Luft, fängt ihn auf und legt ihn - mit den Fin-gern verdeckt - auf den Rücken seiner linken Hand.

Als er das Ergebnis zeigen will, schlage ich ihm die Münze aus der Hand. Sie fliegt einige Meter weit auf den Rasen.

»Was soll das?«

»Ich mache doch solch eine Entscheidung nicht von einem Stück Holz abhängig!« Ich lege meine Hände an Mikas Wangen. »Ich kann nicht riskieren, dass sie das falsche Ergebnis anzeigt.«

»Und welches ist das *richtige* Ergebnis?«

Statt es ihm zu sagen, zeige ich es ihm und lege meine Lippen sanft auf seine. Den Bruchteil einer Sekunde scheint er überrascht, dann jedoch überwiegt die Erleichterung und er öffnet seinen Mund. Wir küssen uns, als wäre es das erste Mal. Das erste Mal seit langer Zeit. Und hoffentlich das *letzte* erste Mal.

Nach einem Moment schiebt er mich sachte von sich. »So, und jetzt hebst du meine Münze wieder auf!«

ENDE

Danke

Wieder einmal habe ich nach vielen Zweifeln und Fehlversuchen einen Roman beendet, der mich viele Nerven gekostet hat. Deshalb möchte ich zuerst und ganz besonders meiner Schwester danken, die mich immer wieder bestärkt und motiviert hat. Auch dank ihrer kritischen Anmerkungen ist das Buch zu dem geworden, was es jetzt ist. Danke, mein Herz!

Viele meiner Schriftstellerkolleginnen haben mich ebenso auf diesem teils steinigen Weg begleitet. Danke an Karin, Jo, Aaliyah, Greta, Nancy, Carin und Marit.

Auch meine Testleserinnen haben wieder ganze Arbeit geleistet und mir hilfreiche Tipps gegeben, um die Geschichte abzurunden. Vielen Dank an Heidi, Katja, Melanie und Sina.

Vielen lieben Dank natürlich auch an meine Leserinnen und Leser sowie Bloggerinnen und Blogger, die mir seit Jahren die Treue halten oder aber mit dieser zum ersten Mal eine Geschichte von mir gelesen haben. Ich danke euch von Herzen für eure Unterstützung.

Und zum Schluss, danke an meine Familie, ich hab euch so lieb.

Flaschenpost

Kennst du schon meine Flaschenpost?
In meinem monatlichen Newsletter erwarten dich
tolle Gewinnspiele, exklusive Leseproben, Buchtipps,
Neuigkeiten zu meinen Projekten und Einblicke in
meinen Chaos-Alltag als Autorin, Mama, Eheweib,
Unternehmerin und Hausfrau. Ja, letzteres wird
bewusst zum Schluss genannt.

Melde dich gleich an und
erhalte als Dankeschön eine
exklusive romantische Kurzgeschichte mit der ersten Flasche.

Wie du eben bist

Sara provoziert gern, doch
spielt hier auch die Liebe mit?

Die Protagonistin besetzt in meinem Liebesroman
»Liebe reicht doch erst mal« eine wichtige Neben-
rolle. Den Roman müsst ihr für die Kurzgeschichte
nicht kennen, ich freue mich aber natürlich riesig,
wenn ich euch neugierig machen kann.

www.mia-leoni.de/flaschenpost

»Ein wunderbarer Roman, sehr emotional
und feinfühlig, dabei mit einem sehr
ernsten und wichtigen Thema, hervorragend
umgesetzt und mit einem tollen Ende.«
(Gelinde, Lovelybooks)

Liebe reicht doch erst mal

Leseprobe

»Dann lass uns mal die Sonnenseiten des Studenten-
lebens auskosten«, schlägt meine beste Freundin Jen-
ny vor, während sie ihren Hals in Richtung Terrasse
reckt. »Ich habe Paul gerade entdeckt und fange damit gleich mal an.«

»Klasse, und du lässt mich jetzt hier stehen?«

Bevor sie davoneilt, hält sie noch einmal inne und
betrachtet mich.

Automatisch sehe ich an mir herab. »Was ist?«

»Nun ja, wenn du wirklich einen Kerl aufreißen willst, solltest du vielleicht diesen Omadutt auf deinem Kopf entfernen. Und tu mir einen Gefallen: Verbrenn bitte diesen furchtbaren Schlabberpulli – auf der Stelle.«

»Aber der ist so kuschlig und bequem.«

»Ich will dir nur helfen.«

Seufzend befreie ich mich aus meinen Lieblingspullover und binde ihn mir um die Hüften. Mein schwarzes Top löst zwar auch keine Begeisterungsstürme bei meiner Freundin aus, aber sie blickt schon etwas zufriedener drein. Ich habe das Gefühl, dass sie noch etwas sagen möchte, doch sie verkneift es sich und widmet sich endlich der Verfolgung von Paul. Nun stehe ich allein und etwas verloren da, also tue ich das, was am besten hilft: ein neues Bier holen. Vielleicht sollte ich mir aber eher einen Tee ordern, denn die Temperatur lässt jetzt in der Dämmerung etwas zu wünschen übrig. Zur Not muss der ›furchtbare Schlabberpulli‹ wieder ran.

Während ich noch darüber nachdenke, klettere ich auf einen Barhocker am Tresen und warte auf den Barkeeper, der sich vor Bestellungen kaum retten kann. Mit einer Hand wuschle ich über meinen Dutt.

Oma! Pff! Das ist doch kein Omadutt!

Oder doch?

Unauffällig löse ich das Haargummi, doch es verheddert sich in einer Strähne und klammert sich so sehr daran fest, sodass beim Versuch, es zu befreien, ein großer Knoten entsteht. Ich stoße einen genervten Laut aus und zupfe an meinen Haaren herum, bis meine Verzweiflung zu groß wird und ich aufgebe.

»Kann man dir irgendwie helfen?«, fragt jemand neben mir. Die Belustigung in seiner Stimme ist nicht zu überhören.

»Nein, danke!«, lehne ich mit fester Stimme ab, ohne den Typ neben mir anzusehen.

Nach einem Augenblick des Schweigens räuspert er sich. »Ähm ... ich habe ein Taschenmesser dabei. Vielleicht kann ich dich befreien.«

Ich wende mich noch mehr von ihm ab und schütze mein Gesicht unauffällig mit der linken Hand. Um Gottes willen, der ist nicht ganz sauber.

»Es ist schon traurig«, redet er einfach weiter. »Früher hat man eine Frau angesprochen und sie fühlte sich eventuell geschmeichelt, weil man mit ihr flirtet.«

Früher? Wie alt ist der Kerl?

Nun drehe ich mich doch zu ihm und stelle fest, dass er nicht viel älter aussieht als ich.

»Oder«, fährt er fort, »sie dachte, o scheiße, der hässliche Kerl soll sich bloß verpissen.«

Hm, also hässlich ist er ganz und gar nicht. Seine warme Stimme passt ausgezeichnet zu seinem ansprechenden Äußeren. Herrlich unperfekte Frisur – für die er sicher Stunden gebraucht hat – ein dezent trainierter Körper und ein freundliches Lächeln, das mich den Hinweis auf sein Taschenmesser doch glatt vergessen lassen könnte.

»Heute denkt sie nur noch: O Gott, hoffentlich ist er kein Axtmörder.«

»Unwahrscheinlich mit einem Taschenmesser«, entgegne ich. »Aber nur um sicherzugehen: Bist du ein Axtmörder?«

»Nein.«

»Na, dann ist ja gut.« Wäre auch echt schade um ihn gewesen!

»Was denn? So vertrauensvoll?«

»Nein, ich glaube nur, dass es höchst unwahrscheinlich wäre, wenn sich zwei Axtmörder ganz zufällig an einer Bar kennenlernen.«

Sein Grinsen wird immer breiter. »Du flirtest nicht so häufig, oder?«

»Was? Warum?«, quietsche ich empört.

Er lacht. »Der Spruch ist so lahm.«

»*Du* hast mit dem Axtmörder angefangen. Übrigens, nachdem du mir von deinem Taschenmesser erzählt hast. Ich habe das Gefühl, dass *du* nicht so richtig weißt, was du tust.«

»Touché. Einigen wir uns darauf, dass wir beide keine Ahnung vom Flirten haben.«

»Erstens einige ich mich hier überhaupt nicht, zweitens habe ich nie behauptet, dass ich mit dir flirte und drittens brauche ich doch dein Taschenmesser. Dieses Haargummi geht mir gewaltig auf den Zeiger.«

Lächelnd greift er in seine lederne Umhängetasche und reicht mir das Werkzeug.

Dieser Typ rennt wirklich mit einer Umhängetasche durch die Gegend? Was er da wohl außer dem Messer noch drin hat? Zugegeben, von fetten Portemonnaies ausgebeulte Hosentaschen sind reichlich unattraktiv, aber mit dem Handtäschchen kann ich mich auch nicht so richtig anfreunden.

Zeitfracht Medien GmbH
Ferdinand-Jühlke-Straße 7
99095 Erfurt, Deutschland
produktsicherheit@kolibri360.de